Die 40 kuriosesten Inseln

Gabi & Rolf Froböse

Die 40 kuriosesten Inseln

Der erste Crazy Travellers' Tourist Guide

Bibliografische Information der Deutschen Nationalbibliothek
Die Deutsche Nationalbibliothek verzeichnet diese Publikation in der Deutschen Nationalbibliografie; detaillierte bibliografische Daten sind im Internet über http://dnb.d-nb.de abrufbar.

Satz, Umschlaggestaltung, Herstellung und Verlag:
Books on Demand GmbH, Norderstedt
ISBN 978-3-8391-5687-2

Inhalt

Vorwort

In unserem Wohnzimmer steht seit vielen Jahren ein schöner, großer Globus. Manchmal drehen wir ihn ein wenig und verweilen einen Moment bei jenen Zielen, die wir bereits bereist haben. Dabei stolpern wir regelmäßig auch über winzige Punkte in der blauen Weite der Ozeane, die uns bis dato unbekannt waren.

Was mag sich wohl hinter einem kleinen Fleck namens Sao Paulo inmitten des Atlantischen Ozeans verbergen? Wie lebt es sich auf der Kerguelen-Insel im südlichen Indischen Ozean? Wäre die einsame Insel Ascension einen Urlaub wert? Gibt es auf der Mc-Donald-Insel „Fast Food“? Wohnte auf Monte Christo wirklich ein Graf? Ist die Oktoberrevolutions-Insel ein „Jurassic Parc“ des Kommunismus? Wie es wohl auf der Weihnachtsinsel aussehen mag? Ist ein kleines Eiland namens Inaccessible wirklich unzugänglich, und was hat ein Punkt namens Europa im Indischen Ozean zu suchen? Fragen über Fragen.

Um diese zu beantworten, haben wir nicht gleich die Koffer gepackt. Das wäre auch bei vielen der genannten Ziele entweder gar nicht oder nur unter großem Aufwand möglich. Vielmehr haben wir uns entschlossen, die 40 kuriosesten Inseln virtuell zu bereisen und sie in einem Buch zu beschreiben. Was dabei herauskam, ist der erste Crazy Travellers' Tourist Guide. Denn die Palette der Eigenschaftswörter, mit denen sich unsere Ziele beschreiben lassen, ist breit gefächert: Seltsam, einsam, riskant, bizarr, gefährlich oder einfach extrem. Handelt es sich also um Destinationen, von denen man besser die Finger lassen sollte?

Ja und nein! Natürlich haben wir für sämtliche Orte auch die Anreisemöglichkeiten recherchiert und beschrieben. So möchten wir auch niemanden davon abhalten, abseits der ausgetretenen Pfade des Massentourismus diese Orte zu bereisen. Wo das nicht ganz ungefährlich ist, haben wir ausdrücklich darauf hingewiesen.

Einfacher ist es hingegen, diese Inseln der Superlative gemütlich bei einer Tasse Tee oder Kaffee und der Lektüre unseres Buches virtuell zu erkunden. Ein Weltatlas anbei wäre nicht schlecht, der Computer hingegen optimal. Wer Google Earth auf seinem Rechner noch nicht installiert hat, sollte dies schleunigst tun. Das Herunterladen ist kostenlos, und die Möglichkeiten sind inzwischen als grandios zu bezeichnen.

Um für die absolut bequeme Inselreise bestens gerüstet zu sein, haben wir für jedes Reiseziel eine Kurzinformation mit den genauen geografischen Koordinaten zusammengestellt. Am einfachsten ist es, diese in der angegebenen internationalen Schreibweise bei Google Earth in die Suchfunktion einzugeben. In einigen Fällen haben wir die in der Literatur angegebenen Daten mit Hilfe von Google Earth optimiert und im Text auch kurz darauf hingewiesen, was das System wirklich leistet. Eines vorweg: In den meisten Fällen zeigen sich die Reiseziele in einer Auflösung, wie sie kein Atlas bieten kann. Es empfiehlt sich auch beim Ansteuern einiger Ziele, die Perspektive zu verändern. Auf diese Weise lassen sich virtuelle Flüge um spektakuläre Vulkane oder Steilküsten hervorragend simulieren. Unbedingt sehenswert sind auch die zum Teil umfangreichen Fotoalben, die Google Earth inzwischen integriert hat, und die ständig aktualisiert werden. Viel Spaß bei dieser absolut ungewöhnlichen Weltreise wünschen Ihnen

Gabriele und Dr. Rolf Froböse, im Frühjahr 2010

Wen das ultimative Fernweh plagt

Eine Frage vorab: Welche Insel ist mit Abstand am weitesten von Mitteleuropa entfernt? Gesucht ist demnach ein Ort auf der Südhalbkugel, dessen hypothetische Bewohner uns quasi „auf dem Kopf stehend" ihre Füße entgegenstrecken, und die wir folgerichtig als Antipoden oder „Gegenfüßler" bezeichnen dürfen.

Australien, umgangssprachlich auch „Down Under" genannt, kommt dieser Position ziemlich nahe, aber eben nur ziemlich, wie sich bereits aus der geografischen Breitenlage des Kontinents erkennen lässt. Es gibt aber eine kleine Insel, genauer gesagt ein Inselgrüppchen, das die eingangs genannten Voraussetzungen erfüllt. Damit sind wir auf der ersten Etappe unserer phänomenalen Inseltour angelangt.

Willkommen auf der Antipoden-Insel

Ja – Sie lesen richtig, denn dieser entlegene Ort wird folgerichtig Antipodeninsel genannt. Namensgeber war übrigens der britische Marineoffizier Henry Waterhouse (13. Dezember 1770 – 27. Juli 1812), der die felsige Inselgruppe im Jahre 1800 entdeckte und sie zunächst als Penantipoden in der Annahme bezeichnete, dass sie sich auf antipodischer Position zu England befindet.

Unbekannt blieb, ob Waterhouse ein kleiner Rechenfehler unterlief, oder ob er seine Entdeckung einfach besser verkaufen wollte? Exakt liegt die Inselgruppe nämlich einem Punkt im Meer unmittelbar vor Cherbourg in der Normandie, im Nordwesten Frankreichs gegenüber.

Fazit ist jedoch, dass es keinen Ort auf der Erde gibt, der weiter von uns entfernt liegt. Per Luftlinie sind es rund 20.000 km, was dem halben Erdumfang entspricht. Wer eine Abkürzung wünscht, müsste sich exakt 12.740 km senkrecht durch den Mittelpunkt der Erde begeben – Jules Verne lässt grüßen!

Was erwartet den Mitteleuropäer bei seinen Gegenfüßlern? Nicht sonderlich viel, denn die rund 22 km^2 der Inselgruppe, von denen 20 km^2 auf die Hauptinsel Antipodes Island entfallen, sind heute unbewohnt. Lediglich im Jahre 1893, als in der Nähe der rund 700 km südöstlich von Neuseeland gelegenen Hauptinsel das Schiff ***Spirit of Dawn*** sank, waren die Überlebenden gezwungen, drei Monate mehr schlecht als recht auf der Antipodeninsel auszuharren. Ansonsten hat es sporadisch nur hartgesottene Robbenfänger auf die einsame Insel gelockt.

Ihre geographische Lage auf dem 49. Breitengrad lässt ein mildes, ozeanisches Klima vermuten. Doch weit gefehlt. Auf Grund der gewaltigen antarktischen Landmasse und extrem kalter Meeresströmungen ist es auf der Antipodeninsel recht ungemütlich. Zwar sinkt im Winter die Temperatur in der Regel nur geringfügig unter den Gefrierpunkt, doch die Sommer sind wegen des permanent eisigen Wassers und hartnäckiger, heftiger Winde nur 10 bis 12 Grad „warm". So musste ein Versuch, auf der Insel Rinder zu züchten, aufgrund des ungünstigen Klimas und des daraus resultierenden Rindersterbens rasch wieder aufgegeben werden.

Teil des UNESCO-Weltnaturerbes

Auch Bäume sucht man auf der Antipodeninsel vergeblich. Vielmehr offeriert sich dem Besucher vom höchsten Punkt der Insel, dem 366 m hohen Mount Galloway, der Blick auf eine eher karge Graslandschaft. Immerhin gibt es einige interessante endemische Tierarten, zu denen unter anderem der Einfarblaufsittich, der Antipodenziegensittich und der Antipodeninselpieper gehören.

Aber auch der seltene Antipoden-Wanderalbatros, der südliche See-Elefant sowie Kronenpinguine gehören zu den Bewohnern der Insel. Um die einzigartige Fauna zu schützen, hat die neuseeländische Regierung das Betreten der Inselgruppe untersagt. Inzwischen ist die Antipoden-Insel auch Teil des UNESCO-Weltnaturerbes.

Google Earth zeigt ein beeindruckendes Szenario

Wer die Insel virtuell besuchen möchte, ist bei Google Earth bestens bedient. Unser Reiseziel zeigt sich hier in einer erfreulich hohen Auflösung. Wer in einer Höhe von etwa 1.000 Metern die Antipoden-Insel umrundet, wird von den schroffen Steilufern begeistert sein.

Die Antipodeninsel in Kürze:

Geographische Lage: 49° 41' S, 178° 47' E

Hauptinsel: Antipodes Island

Weitere Inseln: Sechs kleinere Inseln, unter denen lediglich Bollons Island (2 km^2) nennenswert ist.

Gesamtfläche: rund 22 km^2

Population: unbewohnt

Klimatyp (meteorologisch): subpolar maritim

Klima (volkstümlich): lausig

Anreise: Da das Betreten der Insel strikt verboten ist, gibt es keine offizielle Anreisemöglichkeit. Wer die Inselgruppe dennoch mit dem Schiff umrunden möchte, sollte es über private Arrangements von den neuseeländischen Hafenstädten Dunedin oder Christchurch aus versuchen. Die Überfahrt setzt allerdings eine gute Portion Seetüchtigkeit voraus. Die Gewässer südlich von Neuseeland sind naturgemäß sehr rau, und es müssen rund 500 Seemeilen überbrückt werden.

Ein Shangri-La für Frühaufsteher

Wer den ersten Tag des Kalenderjahres besonders früh erleben möchte, sollte sich eine Insel aussuchen, die in der Nähe der mitten durch den Pazifischen Ozean verlaufenden Datumsgrenze liegt. Optimal wäre es, einen Ort zu wählen, an dem die Datumsgrenze auf Grund einer Besonderheit sogar über den 180. Längengrad hinaus nach Osten verschoben wurde. In der Tat gibt es solche „Zeit-Exklaven". Der zu Neuseeland gehörende einsame Archipel rückte sogar einmal für kurze Zeit ins Rampenlicht der Öffentlichkeit, weil einige Zeitzonen-Freaks am 31. Dezember 1999 partout als erste, und zwar exakt 45 Minuten vor den Neuseeländern, das Jahr 2000 begrüßen wollten (*). Ort des Geschehens:

Die Chatham-Inseln

Wie gelangt man an diesen exorbitanten Ort? Ausgangspunkt ist Neuseeland. Von hier aus steuert man ostwärts in den offenen Pazifischen Ozean, um nach rund 800 Kilometern eine Gruppe von zehn kleinen Inseln zu erreichen, von denen zwei bewohnt sind: Die Chatham Insel, die größte der Gruppe, und die deutlich kleinere, benachbarte Pitt Insel.

Administrativ gehören die Chatham-Inseln zu Neuseeland und besitzen den Status eines selbstverwalteten Territoriums. Da sie sich jenseits des 180. Längengrades befinden, handelt es sich um die östlichsten besiedelten Territorien des Landes. „Theoretisch" müssten die Bewohner des Archipels sich damit abfinden, den Neuseeländern gegenüber immer einen Tag im Rückstand zu sein. Das liegt daran, dass man beim Überqueren der Datumsgrenze in der Drehrichtung der Erde, also in östlicher Richtung, den Kalender um einen Tag zurückblättern muss. Um ein derartiges Kuriosum zu vermeiden, wurde die Datumsgrenze im Seegebiet der Chatham-

Inseln einfach ein Stück weiter nach Osten verlegt. Damit haben die Insulaner am Ende der Welt denselben Kalendertag wie Neuseeland. Lediglich die Uhrzeit ist in dieser einzigartigen Zeitzone dem Mutterland um 45 Minuten voraus.

Hierzu noch ein kleiner Hinweis: Einen noch weiter nach Osten ausufernden „Schlenker" macht die Datumsgrenze im Bereich der so genannten Linieninseln. Allerdings wurde für diese Inselgruppe keine eigene Zeitzone eingerichtet. Weitere Informationen über dieses Reiseziel befinden sich in einem eigenen Kapitel.

Die rund 760 Einwohner der Chatham-Inseln, die Getreide-, Kartoffel- und Gemüseanbau sowie Schafzucht und Fischerei betreiben, sind etwa zu gleichen Anteilen europäischer und maorischer Abstammung. Die Amtssprache ist Englisch.

Einzigartiges Rückzugsgebiet seltener Vögel

Auf Grund ihrer Abgeschiedenheit verfügen die Inseln über eine einzigartige Fauna und Flora. Mindestens 29 der dort vorkommenden Pflanzenarten findet man sonst nirgendwo auf der Welt, und auch viele seltene Vogelarten haben hier ihr Rückzugsgebiet gefunden. Dazu gehört unter anderem der Chatham-Schnäpper, einer der weltweit seltensten Vogelspezies.

Das Klima ist der Breitenlage auf der Südhalbkugel entsprechend gemäßigt und erinnert am ehesten an irische Verhältnisse. Im Winter bleibt es mit durchschnittlich 9 °C relativ mild, und der Sommer ist mit rund 18 °C als mäßig warm zu bezeichnen. Häufige Regenschauer und meist lebhafte Winde lassen das Klima in der Regel jedoch kühler erscheinen, als es das Thermometer anzeigt.

Google Earth lädt zum Verweilen ein

Auch bei den Chatham-Inseln ist Google Earth wieder einmalig. Auf Grund der hohen Auflösung kann man mühelos die einzelnen Farmen auf der Insel erkennen. Besonders lobenswert ist die Sammlung von sehr schönen Fotos, auf denen nicht nur die Landschaften der Insel, sondern auch die einheimischen Vögel zu bewundern sind.

(*) Ähnliches gilt für Tonga, welches ebenfalls eine eigene Zeitzone hat, die der mitteleuropäischen Zeit um 12 Stunden vorauseilt. Dabei übertrifft Tonga die Chatham-Inseln sogar noch um 15 Minuten! Spitzenreiter ist indessen die in Äquatornähe gelegene Insel Kiritimati, die unserer Zeit sogar um 13 Stunden und Chatham dementsprechend um 75 Minuten voraus ist. Ob die eingangs erwähnten Freaks das gewusst haben?

Die Chatham-Inseln in Kürze:

Geographische Lage: 43° 53' S, 176° 29' W

Hauptinsel: Chatham-Island

Weitere Inseln: Neun kleinere Inseln, von denen nur Pitt Island bewohnt ist.

Gesamtfläche: rund 966 km^2

Population: 760

Klimatyp (meteorologisch): gemäßigt maritim

Klima (volkstümlich): milde Winter aber nur verhalten warme Sommer

Anreise: Air Chatham bietet drei Flüge pro Woche von Wellington aus und zwei pro Woche von Christchurch aus an. Buchungen können über Air New Zealand bevollmächtigte Reiseagenturen gemacht werden. Tagesreisen sind nicht möglich, da der Rückflug erst am Folgetag angeboten wird. Wegen der begrenzten Quartiere ist vor dem Reiseantritt der Nachweis einer Unterkunft erforderlich. Auf dem Seeweg ist die Inselgruppe nur mit privaten Booten zu erreichen.

Auf halbem Weg zwischen Amerika und Asien

Wer nach einem weiteren Ort der Superlative sucht, dürfte mit Kiritimati gut bedient sein. Das zu den zentralpolynesischen Linieninseln gehörende Eiland dürfte einerseits zu jenen Orten gehören, die am weitesten von jedem Festland entfernt sind, andererseits geht an keinem Ort der Welt die Sonne so früh auf wie hier. Denn um die bereits durch den Pazifik getrennten polynesischen Inselwelten nicht noch kalendarisch auseinander reißen zu müssen, wurde die Datumsgrenze in dieser Region um rund 30 Längengrade nach Osten verschoben. Da der britische Seefahrer James Cook die Insel am 24. Dezember 1777 entdeckte, gab er ihr einen treffenden Namen:

Merry Christmas auf Kiritimati – auch Weihnachtsinsel genannt

Mit insgesamt 321 km^2 verfügt Kiritimati von allen Koralleninseln über die größte Landfläche. Insgesamt hat das Atoll eine Ost-Westausdehnung von 43,9 km und eine Nord-Südausdehnung von 39,6 km. Wie alle Koralleninseln ist Kiritimati extrem flach. Die größte Erhebung, von den Einheimischen stolz Joe´s Hill genannt, ist gerade mal 13 m hoch.

Ein Teil des Atolls wurde 1975 als Christmas Island Wildlife Sanctuary unter Naturschutz gestellt. Mit geschätzten 15 Millionen Seevögeln gehört Kiritimati heute zu den bedeutendsten Naturschutzreservaten. Hier trifft man unter anderem seltene Arten wie den Phönixsturmvögel, den Weihnachtssturmtaucher oder den Fanning-Rohrsänger.

Google-Earth zeigt die filigranen Strukturen Kiritimatis in hervorragender Auflösung. Daneben gibt es eine sehenswerte Sammlung von Fotos zum Anklicken. Den Besuch dieser Destination, zumindest auf dem Computer, sollte sich niemand entgehen lassen.

Die Weihnachtsinsel Kiritimati in Kürze:

Geographische Lage: 1° 54' N, 157° 24' W

Fläche: Rund 321 km²

Population: etwa 5.100

Klimatyp (meteorologisch): äquatorial maritim

Klima (volkstümlich): ständig heiß und feucht

Anreise: Kiritimati wird nur durch eine lokale Fluggesellschaft in unregelmäßigen Abständen angeflogen. Die Anreise ist dementsprechend zeitraubend und kostspielig, was auch der Entwicklung des Tourismus enge Grenzen setzt. Die meisten Besucher kommen von Hawaii, um die Wildnis und die einzigartigen Angelmöglichkeiten auf der Weihnachtsinsel zu erleben.

In Darwins Fußstapfen

Die älteren Leser werden sich vielleicht noch an das Ereignis erinnern: Am 14. November 1963 stieg rund 30 Kilometer von der Südküste Islands entfernt eine gigantische Rauchwolke aus dem Meer auf. Ursache war ein mächtiger Vulkanausbruch unter der Meeresoberfläche. Kurze Zeit später formierte sich eine neue Insel, die beständig wuchs. Immer neue Lavamassen nährten das neu entstehende Land, bis es schließlich eine Ausdehnung von 1,4 km2 erreichte. Inzwischen hat das Leben die Insel erobert, die ein weltweit einzigartiges Labor für die Forschung darstellt. Sie bekam den Namen Surtsey. Das isländische Wort bedeutet „Insel des Surt". In der nordischen Mythologie ist Surt der Herrscher über das Reich des Feuers.

Surtsey – die weltweit jüngste Insel

Für Botaniker und Zoologen ist Surtsey heute ein beliebter Studienplatz, weil hier die Ansiedlung von Leben unmittelbar beobachtet werden kann. So wurde Surtsey bereits im Jahre 1965 zu einem Naturschutzgebiet erklärt. In diesem Jahr fanden Biologen die ersten Moose und Flechten auf der Insel. In den Folgejahren bis 1985 wurden bereits 20 verschiedene Pflanzenarten identifiziert. Die erste richtige Pflanze war der Keimling eines Meersenfs, kurz darauf folgten Strandhafer, Salzmiere und Austernpflanze.

Der nächste Evolutionsschub setzte ein, als sich die ersten Seevögel auf Surtsey niederließen. Durch den Vogelkot verbesserte sich die Qualität des zuvor sehr kargen Bodens und führte zur Entwicklung höherer Pflanzen. So tauchte im Jahre 1998 der erste Busch auf der Insel auf. Bis heute wurden über 60 Pflanzenspezies auf Surtsey identifiziert. Die Entwicklung ist damit noch längst nicht abgeschlossen, denn jährlich tauchen zwischen zwei und fünf neue Arten auf der Insel auf.

Wer sich für die junge Insel interessiert, sollte unbedingt das Culture House in Reykjavik besuchen. Seit Mai 2007 ist dort die Dauerausstellung „Surtsey – Genesis“ für das Publikum geöffnet.

Gibt man bei Google Earth die Koordinaten der Insel ein, dann zeigt sich Surtsey als annähernd herzförmige, grau-braune Insel. Auch ein paar Fotos stehen per Mausklick zur Verfügung.

Surtsey in Kürze:

Geographische Lage: 63° 18' N, 20° 36' W

Fläche: 1,4 km^2

Population: unbewohnt

Klimatyp (meteorologisch): kühl ozeanisch

Klima (volkstümlich): meistens nasskalt

Anreise: Nur einer kleinen Zahl von Wissenschaftlern ist es gestattet, die Insel zu betreten. Privatpersonen können von Flugzeugen oder Booten aus einen Blick auf Surtsey werfen. Die entsprechenden Arrangements werden auf Island in Heimaey und Reykjavík angeboten.

Satellitenaufnahme der Insel Surtsey (Quelle: NASA)

Auf den Spuren des Kalten Krieges

Über diesen Ort gibt es nicht viel Positives zu berichten. Während des Kalten Krieges tauchte der Name der Insel des Öfteren in den Nachrichten auf, heute ist es gänzlich ruhig um sie geworden. Selbst für einen simplen Badeurlaub ist sie völlig ungeeignet, denn die Barentssee im Westen und die Karasee im Osten der Insel dürften selbst für abgehärtete Typen der reinste Horror sein. Dennoch – unser nächstes Ziel ist

Nowaja Semlja – die Radioaktive

Die Inselgruppe besteht aus einer Nordinsel und einer Südinsel, die nur durch eine sehr schmale Meeresenge voneinander getrennt sind. Hinzu kommen zahlreiche kleinere, unbewohnte Inseln. Mit einer Länge von knapp 900 Kilometern gehört Nowaja Semlja zu den größeren Inseln der Erde, auf Grund ihrer geographischen Lage jenseits des nördlichen Polarkreises ist sie aber nur sehr dünn besiedelt. Die rund 2.700 Bewohner leben fast ausschließlich auf der klimatisch bevorzugten Südinsel und gehören dem Volksstamm der Nenzen an. Grundlagen ihrer Wirtschaft sind die Fischerei und die Jagd auf Pelztiere wie Polarfuchs, Tundrawolf und Eisbär.

Während des Kalten Krieges musste Nowaja Semlja ab 1957 für zahlreiche Kernwaffenversuche herhalten. Hier explodierte am 30. Oktober 1961 auch die größte jemals gezündet Bombe, eine 57-Megatonnen-Wasserstoffbombe namens „Zar Bomba" (Zar-Bombe) über dem Testgelände in der Mitjuschikabucht.

Sie wurde von einem Bomber in über 10.000 Metern Höhe abgeworfen und durch einen Fallschirm abgebremst, um dem Flugzeug ausreichend Zeit zum Verlassen des Testgebietes zu lassen. Die Explosion fand in ca. 4.000 m Höhe statt. Ihr Feuerball berührte den

Erdboden, während der Atompilz kurzzeitig eine Höhe von etwa 64 km erreichte. Die von der Bombe erzeugte Druckwelle war so stark, dass sie noch bei ihrer dritten Erdumrundung messbar war. Wegen ihres hohen Gewichts war die Bombe für militärische Zwecke allerdings ziemlich ungeeignet. Vielmehr diente sie hauptsächlich der Machtdemonstration. Die militärischen Provokationen gingen hingegen voll zu Lasten der Natur. Bis heute sind Teile der Nordinsel radioaktiv verseucht.

Bei Google Earth ist sehr schön die an einen Fluss erinnernde Meeresenge zwischen der Nord- und Südinsel zu sehen. Beeindruckend sind auch die bis zu 400 m hohen Gletscher auf der Nordinsel.

Nowaja Semlja in Kürze:

Geographische Lage: 74° 0' N, 56° 0' E

Fläche: 48.904 km² (Nordinsel), 33.275 km² (Südinsel)

Population: rund 2700

Klimatyp (meteorologisch): polar

Klima (volkstümlich): strenge Winter, kühle Sommer

Anreise: Einige Anbieter von Arktis-Kreuzfahrten steuern die unproblematischen Regionen von Nowaja Semlja an.

Eine Insel für Lebensmüde

Da wir gerade beim Thema „Kalter Krieg" sind: Unser nächstes Reiseziel ist besonders trauriger Natur. Im Gegensatz zu allen anderen Destinationen handelt es sich um eine Insel, die sich innerhalb eines Binnengewässers befindet. Ihre Geschichte ist aber so bemerkenswert, dass sie in diesem Buch Erwähnung finden soll. Es handelt sich um

Ostrow Wosroschdenija – auch „Insel der Wiedergeburt" genannt

Wer das Besondere liebt und sich absolut ins Abseits des Massentourismus begeben möchte, dem sei der Aralsee empfohlen. Hier an der Grenze zwischen Kasachstan und Usbekistan sind die Sommer gnadenlos warm, und der unaufhörlich eintrocknende Aralsee bietet mit seinen verbliebenen Salztümpeln ein unvergleichbares Badeerlebnis. Den fleißigen usbekischen Baumwollanbauern, die aus den natürlichen Zuflüssen fast alles Wasser abzweigen, ist es verdanken, dass sich die „Insel der Wiedergeburt" immer weiter vergrößert und längst über eine breite Landbrücke aus Sand und Salz zu erreichen ist. Aber das soll uns nicht weiter stören – schließlich ist auch die französische Kanalinsel Mont St. Michel, zumindest bei Ebbe, bequem zu Fuß zu erreichen.

Ursprünglich gab es auf der Insel einen Fischereihafen. Die Bewohner des Dorfes Kantubek fingen in dem einst glasklaren See die reichlich vorhandenen Störe und hatten mit dem Verkauf des Kaviars ein gutes Auskommen. Heute ist Kantubek eine Geisterstadt. Das liegt weniger an der Austrocknung des Sees als vielmehr daran, dass das sowjetische Militär ab 1948 dort ein Forschungslabor für biologische Waffen betrieb, das erst mit dem Ende der Sowjetunion im Jahre 1991 aufgelöst wurde. Da die Umgebung des

Forschungslabors immer noch mit Milzbranderregern kontaminiert ist, kann die „Insel der Wiedergeburt“ nur Lebensmüden ernsthaft empfohlen werden.

Ungefährlich ist es, Kantubek über Google Earth zu besuchen. Wer in die Suchfunktion die exakte Position (45° 9′ 43.52″ N, 59° 19′ 28.56″ E) eingibt, kann sich auch Fotos der zerfallenen Gebäuden ansehen.

Vorsicht Ironie: Als einzigartiges Relikt aus der Ära des Kalten Krieges sollte die „Insel der Wiedergeburt“ unbedingt in die Liste des UNESCO-Weltkulturerbes aufgenommen werden!

Die Insel der Wiedergeburt in Kürze:

Geographische Lage: 45° 0' N, 59° 10' E

Fläche: ständig wachsend

Population: unbewohnt

Klimatyp (meteorologisch): arides Steppenklima

Klima (volkstümlich): heiße Sommer, kalte Winter, trocken

Anreise: nicht empfohlen!

Die kleinste Insel der Erde

Bei der Frage nach der weltweit kleinsten Insel werden viele an diesbezügliche Comics denken, in denen ein Schiffbrüchiger auf einer einsamen Insel in Wohnzimmergröße unter einer Palme auf den nächsten vorbeifahrenden Dampfer wartet. Doch es gibt sie tatsächlich, und der Name der Insel wurde unlängst sogar ins Guinness-Buch der Rekorde aufgenommen. Sie ist gerade mal 46 m lang und 16 m breit. Eine Palme wird man auf ihr allerdings vergeblich suchen. Stattdessen blickt der Besucher auf einen einsamen Leuchtturm. Wir sind

Auf Bishop Rock angelangt

Die Insel markiert den westlichsten Punkt Westeuropas. Ihre Position liegt rund 7 km westlich der Scilly-Inseln, die sich wiederum südwestlich von „Lands End“ in Cornwall befinden.

Wegen der besonderen Lage wurde bereits im Jahre 1847 beschlossen, auf Bishop Rock einen Leuchtturm zu errichten, um vorbeifahrende Schiffe auf die zahlreichen Kliffs und Felsen im Seegebiet der Scilly-Inseln aufmerksam zu machen. Die raue See rund um die kleine Insel machte die anfänglichen Pläne jedoch zunichte – unmittelbar vor seiner Vollendung wurde der Leuchtturm während eines schweren Sturms weggespült. Doch die Konstrukteure gaben nicht auf und bauten einen stabileren Turm aus Granitblöcken, die später innen mit Eisenträgern und außen mit einer zusätzlichen Granitumhüllung verstärkt wurden.

Am 1. September 1858 war es schließlich soweit. Als einer der einsamsten Leuchttürme der Welt sandte der 49 m hohe Turm die ersten Lichtstrahlen in die offene See. Während es früher noch einen Leuchtturmwächter auf Bishop Rock gab, ist die kleinste

Insel der Welt seit der Automatisierung des Turms im Jahre 1992 „unbewohnt“.

Zur Anreise und Übernachtung bieten sich die nahe gelegenen Scilly-Inseln an, die wegen des Golfstroms über ein extrem mildes Klima mit nur sehr geringen jahreszeitlichen Schwankungen verfügen. Die Januartemperaturen liegen im Durchschnitt bei + 10°C und im Juli werden + 18 °C gemessen. Ungeachtet des relativ kühlen Sommers, wachsen auf den Inseln subtropische Bäume wie beispielsweise Pinien und Pflanzen wie Azaleen oder Rhododendren, die man knapp südlich des 50. Breitengrades nicht erwarten würde.

Die Auflösung von Google Earth reicht leider nicht aus, um die Umrisse von Bishop Rock zu erkennen. Dafür wird der virtuelle Besucher durch einen Klick auf ein blaues Quadrat mit dem Foto des Leuchtturms belohnt.

Bishop Rock in Kürze:

Geographische Lage: 49° 52' N, 6° 27' W

Fläche: 46 x 16 m

Population: unbewohnt

Klimatyp (meteorologisch): hoch ozeanisch

Klima (volkstümlich): sehr milde Winter, nur mäßig warme Sommer

Anreise: Von den nahe gelegenen Scilly-Inseln aus kann man Bishop Rock leicht mit dem Boot erreichen.

Einsame Bastion inmitten des Atlantiks

Sie befindet sich dort, wo niemand eine Insel vermuten würde – nämlich auf halber Strecke zwischen Afrika und Südamerika. Die Nähe zum Transatlantischen Rücken, einer Zone mit hoher vulkanischer Aktivität, lässt vermuten, dass das einsame Eiland in vorgeschichtlicher Zeit aus der dunklen Tiefe des Ozeans das Licht der Welt erblickte. Mit einer Ausdehnung von gerade 12 mal 14 Kilometern bildet der Vulkan „The Peak" mit seinem 859 m hohen Gipfel heute die imposanteste Erscheinung der Insel. Eine Urbevölkerung hat es dort nie gegeben. Als der portugiesische Seefahrer Afonso de Albuquerque am Himmelfahrtstag des Jahres 1503 die Insel sichtete, taufte er sie entsprechend auf den Namen Assunção. Im Jahre 1815 wurde sie britische Kolonie und erhielt den Namen

Ascension

Die Insel steht wie ein Fels in der Brandung des südlichen Atlantiks. Von einigen Strandbuchten im Norden und Süden abgesehen, steigt die Küste steil aus dem Meer. „The Peak" ist der einzige grüne Fleck auf der Insel. An seinen Hängen fallen jährlich etwas über 1.000 mm Niederschlag, die Voraussetzung für einen bescheidenen Baumwuchs und eine geschlossene Grasdecke.

Ansonsten ist es in Anbetracht der relativen Äquatornähe ungewöhnlich trocken. So empfängt die im Windschatten des Berges gelegene, 560 Einwohner zählende „Hauptstadt" Georgetown gerade mal 87 mm Niederschlag im Jahr. Aus diesem Grund gedeihen nur spärliche Gräser und Sträucher auf der Insel, wodurch der Gesamteindruck recht trostlos erscheint. Das Inselinnere besteht aus ausgedehnten Feldern erkalteter Lava und ist nur schwer zugänglich.

Die einheimische Bevölkerung besteht vorwiegend aus Mulatten, die hauptsächlich vom Fischfang und der Viehzucht leben. Viele lebenswichtige Güter müssen eingeführt werden. Inzwischen hat der Tourismus in bescheidenem Ausmaß die Insel entdeckt.

Google Earth zeigt Ascension in einer sehr guten Auflösung. Daneben lädt ein tolles Fotoalbum den virtuellen Inselurlauber zum Anklicken ein.

Ascension in Kürze:

Geographische Lage: 7° 56' S, 14° 22' W

Fläche: 91 km^2

Population: 1.122

Klimatyp (meteorologisch): tropisch, semiarid

Klima (volkstümlich): durchweg heiß

Anreise: Die britische Luftwaffe bietet Militärcharterflüge vom Stützpunkt Brize Norton in der Nähe von Oxford an. Das Flugticket kostet etwa £1000. Buchungen mindestens 28 Tage im Voraus.

Satellitenaufnahme der Insel Ascension (Quelle: NASA)

Verbannung ins Inselparadies

Bei dem Namen der Insel denkt man gewöhnlich an den Verbannungsort Napoleons. Dabei ist sie mit ihrem milden, subtropischen Klima keineswegs eine Hölle auf Erden. So hat auch der Tourismus inzwischen in bescheidenem Ausmaß den letzten Aufenthaltsort Napoleons erreicht. Die Rede ist von

St. Helena

St. Helena liegt rund 1.900 km von der westafrikanischen Küste entfernt inmitten des südlichen Atlantischen Ozeans. Ihre höchste Erhebung ist mit 823 m Diana`s Peak, das Relikt eines ehemaligen Vulkankraters mit einem Durchmesser von rund 4 km. Ähnlich wie Ascension ist St. Helena eine relativ trockene Insel. So empfängt die im Regenschatten des Berges befindliche rund 700 Einwohner zählende „Hauptstadt" Jamestown nur 136 mm Niederschlag pro Jahr. Die Vegetation sieht entsprechend spärlich aus.

Der auf 540 m Seehöhe liegende Ort Longwood im Inselinnern kommt hingegen mit 1055 mm Niederschlag pro Jahr deutlich besser weg. Allerdings sind die einst bewaldeten Höhen St. Helenas ein Opfer des Raubbaus geworden. Trotz der Neuanpflanzung von Bäumen bedecken heute überwiegend ausgedehnte Grasflächen die Berge und Hügel der Insel.

Das Klima auf St. Helena ist deutlich kühler, als man es aufgrund des 15. Breitengrades erwarten sollte. So bewegen sich die Durchschnittstemperaturen in Jamestown zwischen 24 °C im März und 18 °C im August, dem kältesten Monat des Südwinters. Die entsprechenden Werte für Longwood liegen bei 19 °C im März und 14 °C im September. Vergleicht man diese Klimadaten zum Beispiel mit der auf dem 15. Breitengrad nördlich des Äquators gelegenen

Karibikinsel Martinique, so ist St. Helena im Durchschnitt 5 bis 7 Grad kälter. Am ehesten lässt sich das Klima St. Helenas mit dem der auf der Nordhalbkugel knapp unterhalb des 30. Breitengrades gelegenen Kanarischen Inseln vergleichen.

Auf der Südhalbkugel ist es vergleichsweise kalt

Dieser klimatischen Asymmetrie zwischen der Nord- und Südhalbkugel werden wir auf unserer Weltreise noch des Öfteren begegnen. Sie kommt dadurch zustande, dass der Einfluss des antarktischen Kontinents als „Eiskeller" sehr großräumig wirkt. Dadurch wird die Südhemisphäre durchwegs von kalten Meeresströmungen beherrscht. Während sich auf dem 50. nördlichen Breitengrad in Mitteleuropa diverse Metropolen wie zum Beispiel Frankfurt befinden, gelten Gegenden auf 50 Grad südlicher Breite, von wenigen Ausnahmen abgesehen, bereits als unbewohnbar. Die eingangs erwähnte Antipodeninsel liefert hierfür ein anschauliches Beispiel.

Zum Glück „kuschelt" sich St. Helena nahe genug an den warmen Äquator. Die Einwohner der Insel sind vorwiegend Mischlinge aus Weißen, Schwarzafrikanern und Asiaten. Während die Bewohner der Küste sich hauptsächlich vom Fischfang ernähren, gibt es im Inselinnern zahlreiche Kleinbauern. Sie züchten Rinder, Schafe, Maultiere und Geflügel und bauen Getreide, Gemüse, Kartoffeln und Obst an. Daneben produzieren sie in bescheidenem Ausmaß Hanf und Flachs.

Der Export beschränkt sich auf Taue, Seile und Häute. Brennstoffe und viele Fertigwaren müssen hingegen teuer eingeführt werden.

Im Jahre 1815 wurde die Insel von der britischen Regierung als Verbannungsort Napoleons ausgewählt. Bis zu seinem Tod im Jahre 1821 lebte er in einer Residenz in Longwood.

Google Earth enttäuscht ein wenig

Leider bietet Google Earth bei St. Helena nur „halbe Sachen". Zum Zeitpunkt der Manuskripterstellung war im tiefen Blau des Atlantiks nur der Nordteil der Insel in einer befriedigenden Auflösung erkennbar. Zum Anklicken gibt es ein kleines Album mit sehenswerten Aufnahmen.

St. Helena in Kürze:

Geographische Lage: 15° 57' S, 5° 42' W

Fläche: 121,7 km^2

Population: 4.255

Klimatyp (meteorologisch): subtropisch maritim

Klima (volkstümlich): meist angenehm warm

Anreise: Mit der Fähre von Südafrika aus. Daneben gibt es einige Kreuzfahrtschiffe, die die Insel ansteuern.

Satellitenaufnahme der Insel Saint Helena (Quelle: NASA)

Ein Volksfest um wenige Apfelbäume

Der runde, etwa zwölf Kilometer breite und 2113 Meter hohe Vulkan reckt sich mitten im südlichen Atlantik, ziemlich genau auf halbem Weg zwischen Montevideo und Kapstadt aus dem Meer. Der Berg verleiht der Insel die Form eines Rades, dessen Speichen zahlreiche Schluchten bilden, die vom zentralen Krater ausgehen. Es ist gefährlich, den Vulkan zu erklimmen, denn in die Schluchten prasseln beständig Lawinen aus heißer Schlacke. Die 284 Menschen vor Ort gehören zu den einsamsten Inselbewohnern der Welt. Die nächste Siedlung befindet sich rund 1.900 km weiter nördlich auf St. Helena. Folglich heißt die Devise:

Bonjour Tristesse auf Tristan da Cunha

Der Name stammt von dem portugiesischen Admiral Tristao da Cunha, der die kegelförmig aus den Fluten ragende Insel im Südatlantik im Jahre 1505 entdeckte. Doch erst um 1810 gründeten amerikanische Seeleute eine ständige Siedlung auf dem Eiland. Im August 1816 besetzten englische Truppen Tristan da Cunha. Sie sollten verhindern, dass Frankreich die Insel als Stützpunkt für einen Befreiungsversuch Napoleons aus seinem Exil auf St. Helena nutzen könnte.

Als die englischen Soldaten fünf Monate später wieder abrückten, blieb der in Schottland geborene Korporal William Glass freiwillig zurück. Seine junge Frau, eine südafrikanische Mulattin, gebar ihm 16 Kinder, deren Nachkommen noch heute die Insel bewohnen.

Wegen vulkanischer Aktivitäten musste Tristan da Cunha im Herbst 1961 vollständig evakuiert werden. Als der Berg sich nach eineinhalb Jahren wieder beruhigte, zog es die meisten Tristaner jedoch wieder in ihre Heimat zurück. Zu den besonderen Ereignissen der Insulaner gehört der so genannte „Appling Day“. Dann fahren sie mit Booten aus, um auf der über den Landweg nur schwer erreichbaren anderen Inselseite aus einem wild wachsenden Obstgarten Äpfel einzusammeln.

Der einzige Ort ist Edinburgh of the Seven Seas. Immerhin gibt es dort eine Schule, ein Krankenhaus, eine Post, ein Museum, ein Café, eine Kneipe sowie eine katholische und eine anglikanische Kirche. Hauptnahrungsmittel der Tristaner sind Kartoffeln. Diese werden auf einem Landstreifen oberhalb der Siedlung angebaut. Eine wichtige Nahrungsquelle bilden neben Fischen auch die einheimischen Sturmvögel. Aus Letzteren wird das Öl zum Kochen gewonnen.

Zu den cleveren Geschäftsideen der Insulaner gehörte zweifelsohne der Beschluss, eigene Briefmarken herauszugeben. Diese sind bei Sammlern sehr begehrt und stellen heute eine wichtige Einnahmequelle dar.

Google Earth zeigt die Insel in hervorragender Auflösung. Daneben gibt es auch eine Reihe von sehenswerten Fotos zum Anklicken. Tipp: Unbedingt anschauen!

Tristan da Cunha in Kürze:

Geographische Lage: 37° 6' S, 12° 17' W

Fläche: 207 km^2

Population: 284

Klimatyp (meteorologisch): gemäßigt ozeanisch

Klima (volkstümlich): Sehr ausgeglichenes Seeklima mit durchschnittlich 12 °C im Winter und 18 °C im Sommer.

Anreise: Mit der Fähre aus Kapstadt. Die Überfahrt dauert je nach Wetter fünf bis sechs Tage.

Nur zwei Wochen im Jahr bewohnt

Eigentlich gilt die Insel als unbewohnt. Aber zwei Wochen im Jahr, gewöhnlich im März oder April, kommen die Bewohner von Tristan da Cunha, um auf dieser Insel zu campieren. Es ist eine Art Volksfest inmitten der Einsamkeit. Es gibt jedoch noch einen weiteren Grund für ihren Besuch auf

Nightingale Island

Rund 40 km müssen sie sich in Ruderbooten durch die raue See pflügen. Dennoch sind die Tristaner stets gut gelaunt. Niemals kämen sie auf die Idee, auf die als „The Fatting" bezeichnete Zeremonie zu verzichten, denn Nightingale dient über einer Million Seevögeln als Brutstätte. Die Tristaner haben es besonders auf die ölhaltigen Sturmvögel abgesehen. Wenn sie nach etwa 14 Tagen auf ihre Insel zurückkehren, sind ihre Boote mit Öl und Fett reichlich beladen.

Benannt wurde die Insel nach dem englischen Kapitän Gamaliel Nightingale of Kneesworth, der sie um 1760 erforschte. Trotz der geringen Ausmaße der Insel, die nur 2,5 km lang und 1,5 km breit ist, liegt ihr höchster Punkt 335 Meter über dem Meeresniveau. Zu ihrer natürlichen Fauna gehören neben den Sturmvögeln auch Gelbnasenalbatrosse und Felsenpinguine.

Seltene Pflanzen im Inselinnern

Die natürliche Flora von Nightingale Island besteht aus Schlickgras und Phylica arborea-Bäumen. Letztere gehören zu einer seltenen, baumartig verholzenden Pflanzenart aus der Familie der Kreuzdorngewächse, die man sonst nur noch auf der südatlantischen Gough-Insel sowie der Amsterdam-Insel im Indischen Ozean findet.

Google Earth zeigt die eindrucksvollen Konturen der Insel in hoher Auflösung. Daneben gibt es sehenswerte Fotos von Pinguinen und den eigenartigen Phylica arborea-Bäumen.

Nightingale Island in Kürze:

Geographische Lage: 37° 26' S, 12° 29' W

Fläche: 2,6 km^2

Höchste Erhebung: 335 m

Population: unbewohnt

Klimatyp (meteorologisch): siehe Tristan da Cunha

Anreise: ab Tristan da Cunha über private Arrangements

Eine Insel, die allein bleiben möchte

Entdeckt wurde die Insel im Jahre 1652 von der Besatzung des holländischen Schiffes t`Nachtglass. Diesen Namen sollte die Insel ursprünglich auch tragen. Doch die Seeleute, die vor der Küste vor Anker gingen, kamen beim Betreten kaum über den steinigen Strand hinaus, da sich das Inselinnere als absolut unzugänglich erwies. Völlig entnervt gaben sie nach einigen Tagen den Versuch auf und fügten auf der handgezeichneten Seekarte die Bemerkung „inaccessible“ (unzugänglich) hinzu. Bis heute hat sich daran nicht viel geändert, und der ursprüngliche Beiname ist längst zur allgemeinen Bezeichnung geworden.

Inaccessible – die Unberührbare

Natürlich hat es immer wieder Versuche gegeben, Inaccessible näher zu erforschen. Zuletzt versuchte eine Gruppe von Ornithologen von 1982 bis 1983 vergeblich, die Insel zu überqueren. Doch sie machte ihrem Namen erneut alle Ehre und zeigte den Wissenschaftlern mit schwierigen Steilhängen und extrem dichtem Buschwerk buchstäblich die Zähne.

Umso interessanter ist die Fauna der Insel. Zu den einheimischen Vogelarten gehören unter anderem die seltene Atlantisralle, die Tristanseedrossel und die Antipodenseeschwalbe. Auch subantarktische Seebären haben sich auf der Insel, die seit 1995 zum Weltnaturerbe der UNESCO gehört, niedergelassen.

Google Earth unbedingt ansehen!

Im Falle von Inaccessible gibt Google Earth wirklich sein Bestes. Die Insel präsentiert sich in einer extrem guten Auflösung, die selbst einzelne Büsche im Inselinnern erkennen lässt. Besonders beeindruckend ist das Steilufer im Nordteil. Mal ehrlich: Nur ein Wahnsinniger käme auf die Idee, diese Insel zu überqueren – oder?

Inaccessible in Kürze:

Geographische Lage: 37° 18' S, 12° 41' W

Fläche: 14 km^2

Höchste Erhebung: Swales Fell 561 m

Population: unbewohnt

Klimatyp (meteorologisch): gemäßigt ozeanisch

Klima (volkstümlich): Sehr ausgeglichenes Seeklima mit durchschnittlich 12 °C im Winter und 18 °C im Sommer.

Anreise: ab Tristan da Cunha über private Arrangements

Ein Eldorado für Seebären

Als brüllende Vierziger oder „Roaring Forties“ bezeichnet man auf der Südhalbkugel die Region einer extrem starken Westwinddrift zwischen dem 40igsten und 50igsten Breitengrad. In dieser Zone wehen die Winde das ganze Jahr über sehr lebhaft und erreichen nicht selten Orkanstärke. Das Wetter ist entsprechend sehr unbeständig. Starke Regengüsse, die nur durch kurze sonnige Abschnitte unterbrochen werden, sind die Regel. Genau in diesem ungemütlichen Gürtel befindet sich unser nächstes Reiseziel. Geographisch liegt es auf der Breite von Mallorca, nur leider auf der Südhalbkugel. Entsprechend finden wir an den Gestaden der Insel keine sonnenhungrigen Urlauber, sondern vielmehr subantarktische Seebären. Es ist nämlich

Ganz schön kalt auf der Gough-Insel

Dennoch ist es eine Insel der Superlative, die seit 1995 zum Weltnaturerbe der UNESCO gehört. So beherbergt Gough sage und schreibe drei Viertel des weltweiten Bestandes an subantarktischen Seebären.

Im Vergleich zu den anderen Inseln im südlichen Atlantik ist Gough mit einer Länge von knapp 14 km und einer Breite von 8 km relativ groß. Beeindruckend thront der bereits weit von der See aus sichtbare Edinburgh Peak mit einer Höhe von 910 m über der Insel. Im Südwinter ist der Berg häufig mit Schnee bedeckt.

Eigentlich hätte die Gogh-Insel nach dem portugiesischen Seefahrer Goncalo Alvares benannt werden müssen. Doch seine erste Sichtung der Insel, die um 1505 herum erfolgte, geriet nahezu in Vergessenheit. Die „zweite Entdeckung“ erfolgte erst über 200

Jahre später durch den britischen Kapitän Charles Gough, der die Insel im Jahre 1731 ortete.

Eine der regenreichsten Inseln

Auf Gough-Island ist es gewöhnlich sehr nass. Mit 3400 mm Niederschlag erhält die Insel pro Jahr etwa die fünffache Regenmenge Deutschlands. Die Lufttemperatur liegt im Jahresmittel bei knapp 12 °C. Das ist ein Klima, das man mit Fug und Recht als „klamm“ bezeichnen kann.

Eine reguläre Bevölkerung gibt es auf Gough nicht. Die sechs „Einwohner“ gehören zum Personal einer ständig besetzten Wetterstation im Südosten der Insel, die von Südafrika aus betrieben wird.

Der virtuelle Besucher findet bei Google Earth ein beeindruckendes Panorama. Wer die Wetterstation sucht, sollte die Koordinaten 40° 21‘ S, 9° 53’ W eingeben. Dort gibt es auch ein Foto zum Anklicken.

Die Gough-Insel in Kürze:

Geographische Lage: 40° 19' S, 9° 57' W

Fläche: 65 km^2

Höchste Erhebung: Edinburgh Peak 910 m

Population: 6

Klimatyp (meteorologisch): kühl ozeanisch

Klima (volkstümlich): reichlich ungemütlich

Anreise: nur über Anbieter von Antarktis Kreuzfahrten

Eine Oase für Blumenliebhaber

Um uns von den eher unwirtlichen Inseln der Südhalbkugel zu erholen, machen wir jetzt einen kleinen Abstecher auf die einsamsten Plätze der Nordhemisphäre. Mitten im Atlantik, beinahe auf halber Strecke zwischen Europa und Amerika, liegt eine Insel, die den westlichsten Punkt Europas markiert. Wie Gough liegt sie ganz nahe am 40. Breitengrad. Entscheidender Unterschied: Die Insel wird nur selten von heftigen Westwinden geplagt sondern vielmehr von einem beständigen Hochdruckgebiet verwöhnt und besitzt ein mildes, subtropisches Klima, das unzählige Blumen gedeihen lässt. Letztere gaben ihr sogar ihren Namen. Es ist

Die Azoren-Insel Flores

Rein geologisch betrachtet gehört sie eigentlich zu Amerika, denn die westlichste der Azoreninseln befindet sich bereits auf der nordamerikanischen Kontinentalplatte. ***Faja Grande*** heißt der äußerste Vorposten Europas auf der Westseite der Insel. In der Nähe des Inseldorfes erinnert eine Informationstafel an die besondere geographische Lage.

Entdeckt wurde die Insel am äußersten Rande Europas durch den portugiesischen Seefahrer Diogo de Teive im Jahre 1452. Anfang des 16. Jahrhunderts folgten die ersten portugiesischen Siedler. Sie lebten vom Fischfang und begannen, auf der fruchtbaren Insel Getreide, Mais und Gemüse anzubauen.

Immer wieder lockt es heute Individualtouristen auf die einsame Insel. Sie schätzen das ungewöhnlich milde und ganzjährig ausgeglichene Klima mit Tagestemperaturen von durchschnittlich 15 °C im Januar und 25 °C im Juli, sowie ihre üppige Vegetation. Die Berge im Inselinnern weisen eigentümliche grün-blaue Muster auf.

Das Grün stammt von dem stets frischen Gras, für das Blau sind wilde Hortensien verantwortlich, die die Insel mit regelrechten Blütenwäldern überziehen. Große Teile im Inselinnern stehen unter Naturschutz.

Google Earth zeigt die 17 mal 12,5 km große Insel in sehr guter Auflösung. Besonders empfehlenswert ist das umfangreiche Fotoalbum mit über 50 Panoramaaufnahmen zum Anklicken.

Flores in Kürze:

Geographische Lage: 39° 26' N, 31° 13' W

Fläche: 143,1 km^2

Population: rund 4.000

Höchste Erhebung: Morro Alto (914 m)

Klimatyp (meteorologisch): subtropisch maritim

Klima (volkstümlich): ganzjährig angenehm

Anreise: ab Lissabon mit dem Flugzeug

Die Riviera Irlands

Können auf dem 51. Breitengrad Palmen gedeihen? „Nein – völlig unmöglich", dürfte die häufigste Antwort sein. Es gibt aber einen Ort in Europa, der ein außergewöhnliches Mikroklima besitzt. Eine kleine Insel im Südwesten Irlands wird vom Golfstrom dermaßen verwöhnt, dass ihre Gärten Jahr für Jahr viele Besucher anlocken. Die nächste Station unserer Reise ist

Valentia Island

Es ist der Initiative von Sir Peter George Fitzgerald zu verdanken, dass diese kleine Insel ein subtropisches Flair aufweist. Er legte dort einen Garten an, in dem unter freiem Himmel Pflanzen der südlichen Breiten wachsen und gedeihen, die man in nördlichen Gefilden gewöhnlich nur im Treibhaus bewundern kann.

Auf der Valentia-Insel bleibt der Winter nahezu frostfrei. Im Januar und Februar liegen die Tagestemperaturen im Durchschnitt bei 10 °C, um im Juli und August auf ca. 18 °C anzusteigen. Unter diesen ausgeglichenen Bedingungen gedeihen in Fitzgerald's Garten Baumfarne, Myrten, Palmen und sogar Bananenstauden. Wer's nicht glaubt, sollte sich Valentia Island einmal näher anschauen. Die Anreise ist im Gegensatz zu vielen anderen Destinationen in diesem Buch nicht kompliziert.

Wer sich vorab einen Überblick über die Insel verschaffen und ein Album mit Panoramafotos ansehen möchte, kommt bei Google Earth wieder voll auf seine Kosten.

Valentia in Kürze:

Geographische Lage: 51° 54' N, 10° 22' W

Länge: 11 km

Breite: 3 km

Population: rund 700

Klimatyp (meteorologisch): gemäßigt maritim

Klima (volkstümlich): Ausgeglichenes Seeklima mit milden Wintern und mäßig warmen Sommern.

Anreise: Von Irland aus kann man die Insel entweder über eine Brücke in Portmagee (Ring of Skellig) oder im Sommer mit der Fähre von Reenard Point aus erreichen.

Was nur die Madegassen wissen

Unser Ziel ist nahezu kreisrund und misst ca. 6 km im Durchmesser. Auf halbem Weg zwischen Madagaskar und Mosambik gelegen ist die Insel nur ein winziger Punkt auf dem Globus. Dieser wird von Madagaskar beansprucht, er befindet sich aber seit 1897 im Besitz Frankreichs. Einzig der Name der Insel macht neugierig, denn

Europa liegt im Indischen Ozean

Er rührt von dem englischen Schiff Europa her, das die Insel im Jahre 1774 erstmals besuchte. Zurzeit leben nur zwölf Personen auf Europa, bei denen es sich um die Angehörigen einer militärischen Garnison und einer Wetterstation handelt. Die Insel ist von einem großen Korallenriff umgeben. Eine rund 9 km^2 große Lagune wird nahezu vollständig von Mangrovenwäldern bedeckt. Im Inselinnern findet sich auch ein Trockenwald. Einige Hausruinen und Gräber erinnern heute noch daran, dass die Insel zwischen 1860 und 1920 zeitweise besiedelt war.

Heute ist Europa vor allem ein Naturschutzreservat für Seevögel. Daneben gehört sie zu den weltweit bedeutendsten Brutstätten für grüne Schildkröten. Diese Gattung hat einen kleinen Kopf und einen rostfarbenen Panzer. Ihr Name rührt von dem grünen Fett her, das diese Tiere produzieren.

Wer das einzigartige Wildreservat zumindest virtuell besuchen möchte, kommt bei Google Earth voll auf seine Kosten.

Die Europa-Insel in Kürze:

Geographische Lage: 22° 20' S, 40° 21' E

Fläche: 28 km^2

Höchste Erhebung: 7 m

Population: 12

Klimatyp (meteorologisch): subtropisch

Klima (volkstümlich): warme Winter, heiße Sommer

Anreise: nur mit privaten Yachten

Ein Wallfahrtsort der ewig Gestrigen

Ihre geographische Lage lässt wenig Freude aufkommen, und bisher hat sich auch kein Kreuzfahrtschiff so weit an den Nordpol herangewagt. Auch vom Hinterland, der rauen Nordküste Sibiriens, gibt es keine Schiffsverbindungen hierher. Es ist die größte der trostlosen Sewerna-Semlja-Inseln, die den letzten Vorposten Asiens vor dem geographischen Nordpol bilden. Von Nostalgikern der Ära des Kommunismus abgesehen ist auch der Name der Insel wenig einladend, denn unser nächstes Ziel ist

Die Oktoberrevolutions-Insel

Im Vergleich zu unseren übrigen Destinationen wurde diese im Eismeer gelegene Insel erst relativ spät im Jahre 1913 von dem russischen Hydrographen Boris Andrejewitsch Wilkizki entdeckt, der als Offizier der Kaiserlich Russischen Marine eine Expedition in die arktischen Gewässer Sibiriens leitete. Bis 1926 hieß sie Sankt Alexandra.

Auf Grund ihrer geographischen Lage inmitten der Packeiszone hat es auf der Oktoberrevolutionsinsel im Gegensatz zu anderen Eismeerinseln nie eine einheimische Bevölkerung gegeben. Selbst hart gesottene Nenzen (vgl. Nowaja Semlja) würden auf der Oktoberrevolutions-Insel, deren eisfreie Gebiete von Tundra oder nahezu vegetationsloser Polarwüste bedeckt werden, keine Lebensgrundlage vorfinden.

Google Earth zeigt eindrucksvoll die starke Vergletscherung der Insel. Daneben gibt auch ein Foto der Küste, die das auch während des kurzen Polarsommers stark vereiste Polarmeer zeigt.

Die Oktoberrevolutions-Insel in Kürze:

Geographische Lage: 79° 30' N, 97° 37' E

Fläche: 14.170 km^2

Höchste Erhebung: Mount Karpinski (965 m)

Population: unbewohnt

Klimatyp (meteorologisch): arktisch

Klima (volkstümlich): kühle Sommer, extrem kalte Winter

Anreise: keine Möglichkeit

Das nördlichste UNESCO-Weltnaturerbe

Wir bleiben noch eine Weile im arktischen Ozean und besuchen eine im fernen Osten Russlands gelegene Insel, die sich im Gegensatz zur trostlosen Oktoberrevolutions-Insel vergleichsweise wie eine Oase darstellt, obwohl sie nur 2.000 km vom Nordpol entfernt ist. Aufgrund ihrer einzigartigen Landschaft und Natur wurde sie im Jahre 2004 von der UNESCO in die Liste des Weltnaturerbes der Menschheit aufgenommen. Es handelt sich um

Die Wrangelinsel

Im Gegensatz zu anderen arktischen Inseln weist sie weder eine permanente Eiskappe noch Gletscher auf. Allerdings wird die Insel, die sich über 500 km jenseits des Nördlichen Polarkreises befindet, den größten Teil des Jahres über von Eisschollen eingeschlossen.

Nach der Schneeschmelze bestimmen Rot– und Brauntöne ihre Tundralandschaft. Die Flora der Insel ist im Vergleich zu anderen arktischen Gebieten sehr artenreich. Bisher wurden 417 verschiedene Pflanzenarten identifiziert, die auf der Wrangelinsel beheimatet sind. Neben Flechten, Moosen und Farnen finden wir während des kurzen Sommers auch zahlreiche blühende Pflanzen.

Einigen Quellen zufolge lebten bis etwa 1.700 v. Christus noch Mammuts auf der Insel, während sie in anderen Gegenden längst ausgestorben waren. Heute sind auf der Wrangelinsel unter anderem Robben und Walrosse, aber auch Eisbären und Moschusochsen beheimatet. Darüber hinaus existiert eine artenreiche Vogelwelt mit Kormoranen, Ringelgänsen, Eiderenten und Schneegänsen.

Einsame Insel hinter dem Horizont

Ihren Namen erhielt die Insel von dem deutsch-baltischen Offizier Ferdinand von Wrangel. In den zwanziger Jahren des 19. Jahrhunderts fielen ihm bei der Kartierung der Nordostküste Sibiriens große Vogelschwärme auf, die im Frühling auf das zugefrorene Meer hinausflogen und im Herbst wieder zurückkehrten. Die ortsansässigen Tschuktschen bestätigten seine Folgerung, dass irgendwo dort draußen in der eisbedeckten Wildnis „festes Land" sein müsse. Wrangel bekam jedoch nie die Gelegenheit, „seine Insel" zu besuchen. Es vergingen nämlich noch mehrere Jahrzehnte, bis die von ihm vermutete Insel im Jahre 1849 von russischen Seefahrern schließlich entdeckt wurde.

Seit 1926 existiert eine ständige Siedlung namens Lorino auf der Insel. Die heutige Bevölkerung wird auf rund 100 Personen geschätzt.

Bei Google Earth ist die Wrangelinsel in einer mäßigen Auflösung zu sehen. Daneben findet man ein paar Fotos zum Anklicken.

Die Wrangelinsel in Kürze:

Geographische Lage: 71° 14' N, 179° 25' W

Fläche: 7.608 km^2

Höchste Erhebung: Sovetskaya Mountain (1.096 m)

Population: etwa 100

Klimatyp (meteorologisch): arktisch

Klima (volkstümlich): kühle Sommer, extrem kalte Winter

Anreise: Einige Kreuzfahrtschiffe laufen die Wrangelinsel während des kurzen Sommers in den Monaten August und September an.

Satellitenaufnahme der Wrangelinsel, die in der Mitte der eisfreien Zone zu erkennen ist. (Quelle: NASA)

Sao Paulo liegt im Meer

Wer sich einen Globus zur Hand nimmt, findet mitten im Atlantischen Ozean zwischen Afrika und Südamerika einen kleinen Punkt namens Sao Paulo. Nein – es handelt sich um keinen Fehler, denn die gleichnamige Metropole im Süden Brasiliens ist korrekt eingezeichnet. Was verbirgt sich hinter der Insel, die unmittelbar am Äquator liegt und die kaum einer kennt? Steuern wir also unser nächstes Ziel an und begeben uns auf direktem Weg auf

Die Ilhas de Sao Pedro e Sao Paulo – auch Peter und Paul Inseln genannt

Wer vor Ort die Überreste von Atlantis erwartet, muss zwangsläufig enttäuscht werden. So findet der abenteuerlustige Seefahrer nur eine Gruppe von elf Felsnadeln, die sich um eine größere Insel gruppieren. Aber auch Letztere ist als winzig zu bezeichnen, denn mit einer Fläche von gerade mal 0,012 km^2 ist der Ort für Touristen wenig einladend. Immerhin leben dort ständig vier Personen, die zum wissenschaftlichen Personal einer Forschungsstation gehören. Zusätzlich gibt es noch einen Leuchtturm.

Möglicherweise ist die Station auch nur aus Prestige als östlichster Vorposten Brasiliens errichtet worden, denn es ist einigermaßen kostspielig, die einsame Crew bei Laune zu halten. Da es vor Ort kein Süßwasser gibt, muss es umständlich über große Entfernungen importiert werden.

Auf den Klippen brüten Seevögel wie Brauntölpel und Noddiseeschwalben. Darüber hinaus leben dort Rote Klippenkrabben. Die Flora beschränkt sich auf wenige Arten von Moosen und Gräsern.

Wissenschaftliche Untersuchungen ergaben, dass die auf dem Mittelatlantischen Rücken befindlichen Felsen mit zu den ältesten bekannten Steinformationen der Erde gehören. Ihr Alter wird auf mindestens 30 Millionen Jahre geschätzt.

Erwartungsgemäß gibt Google Earth wegen der geringen Ausdehnung der Insel nicht viel her. Ein paar aussagekräftige Fotos der Felsen belohnen aber dennoch den virtuellen Besuch.

Die Peter und Paul Inseln in Kürze:

Geographische Lage: 00°55' N, 29°20' W

Fläche: 0.012 km^2

Höchste Erhebung: 22 m

Population: 4

Klimatyp (meteorologisch): äquatorial maritim

Klima (volkstümlich): ständig heiß und feucht

Anreise: Nur mit privaten Booten. Die Anlandung ist wegen zahlreicher Untiefen in Ufernähe nicht ungefährlich.

Naturerbe vor der Küste Brasiliens

Es ist ein wenig bekanntes Paradies, doch 2002 wurde dieser Platz von der UNESCO zum Weltnaturerbe erklärt. Im Juni 2009 tauchten die Inseln vorübergehend in den Schlagzeilen auf. Es war eine traurige Meldung, denn rund 600 km nordöstlich der Inselgruppe war eine Maschine der Air France während eines tropischen Gewitters ins Meer gestürzt. Unsere nächste Station ist

Fernando de Noronha

Die Inselgruppe wurde erstmals im Jahre 1503 von dem florentinischen Seefahrer Amerigo Vespucci erwähnt. Ihren Namen erhielt sie jedoch in Erinnerung an den portugiesischen Händler Fernando de Noronha. Dieser importierte brasilianisches Holz ins Mutterland. Aus Dankbarkeit schenkte ihm die portugiesische Krone den Inselarchipel.

Fernando de Noronha ist die größte und einzig bewohnte Insel des Archipels, der insgesamt aus 20 weiteren Inseln und Felsen besteht. Ein Teil der Insel wird vom Nationalen Marinepark eingenommen, der seit 1988 unter Umweltschutz steht. Die Vegetation besteht im Wesentlichen aus Pflanzen, die auch für den Norden Brasiliens typisch sind. Während der von September bis März dauernden Trockenzeit verlieren sie ihre Blätter. In der Ebene überwiegen Sträucher, während Bäume vor allem in den höher gelegenen Regionen der Insel zu finden sind. In voller Pracht zeigt sich die Vegetation während der Regenzeit zwischen April und August.

Besiedelt wurde Fernando de Noronha erstmals vor rund 400 Jahren, eine Urbevölkerung hat es nie gegeben. Bis zur Jahrtausendwende lebten die Insulaner vom Fischfang und der Landwirtschaft. Heute sind hingegen bereits 90 Prozent der „Noronhaner" im Tourismussektor tätig.

Vorsicht – Google Earth erweckt Reiseträume. Neben einem hoch aufgelösten Inselpanorama findet der Besucher ein Album mit über 100 Fotos vor. Besonders beeindruckend sind einige Strände mit einem Meer, das in blauen und grünen Farben schillert. Natürlich hat auch Schönheit ihren Preis. Als Gegenleistung muss der Besucher eine Umweltschutzsteuer zahlen, die von der Dauer seines Aufenthaltes abhängt. Bei Google Earth ist aber alles umsonst.

Fernando de Noronha in Kürze:

Geographische Lage: 3°51' S, 32°25' W

Fläche: 26 km^2

Höchste Erhebung: Morro di Pico (321 m)

Population: rund 3.000

Klimatyp (meteorologisch): tropisch

Klima (volkstümlich): ständig heiß und feucht

Anreise: Von Natal und Recife aus gibt es täglich Flüge nach Fernando de Noronha.

Lausiger Wohnsitz am Ende der Welt

Sie führen ein karges Leben und sind eine der einsamsten Gemeinden der Welt. Hinzu kommt ein „Klima der ewigen Graupelschauer", das in Verbindung mit häufigen Stürmen höchstens extreme Aussteiger dazu bewegt, einen längeren Urlaub vor Ort zu verbringen. Dennoch gab es in den 1980er Jahren einen völlig sinnlosen Krieg um das einsame Territorium. Trotzdem: Willkommen auf den

Falkland-Inseln

Den Falkland-Inseln im südlichen Atlantik, rund 500 km vor der Südküste Argentiniens und nicht minder unweit des berüchtigten Kap Horns gelegen, fehlt so ziemlich alles, was einen Ort reizvoll macht: Die Landschaft wirkt öde, die welligen Hügel formen sich nur selten zu Bergen, es wachsen keine Bäume und nur wenige Pflanzen. Die Gruppe besteht aus den zwei großen Inseln Ost- und West-Falkland, hinzu gesellen sich rund 100 kleinere Inseln, von denen die meisten aber unbewohnt sind.

Mount Usborne (spanisch Cerro Alberdi) ist mit 708 Metern der höchste Berg der Inseln und befindet sich auf der nördlichen Hälfte Ost-Falklands. Er weist auch im Sommer kleine Vergletscherungen auf.

Wer die unwirtlichen Inseln als Erster sichtete, ist nicht mehr nachweisbar. Einige Quellen beziehen sich auf den florentinischen Seefahrer Amerigo Vespucci, der sie im Jahre 1502 zwar gesehen aber nie betreten haben soll, andere Literaturstellen nennen den englischen Seefahrer John Davis, der die Inseln angeblich im Jahre 1592 entdeckte.

Die heutige Bevölkerung stammt im Wesentlichen von britischen Einwanderern ab, die um 1830 auf die Inseln kamen. Ihre Besetzung durch argentinische Truppen löste im Frühjahr 1982 einen unsinnigen Krieg aus. Im Juni 1982 konnten britische Truppen nach kurzen, aber blutigen Kämpfen die Argentinier zur Aufgabe zwingen. Die Lage hat sich seitdem zwar entspannt, jedoch erneuert Argentinien jedes Jahr seinen Anspruch auf die Inseln.

Das Klima der Falklandinseln ist sehr unwirtlich. Bei einer jährlichen Durchschnittstemperatur von nur + 5° C regnet oder schneit es an rund 200 Tagen im Jahr. Auch im Südsommer zwischen Dezember und Februar liegt die mittlere Tagestemperatur lediglich bei 8 bis 12 °C. Nur an wenigen sonnigen und windarmen Tagen können während des Sommers auch mal knapp 20 °C erreicht werden.

Dementsprechend ist die Flora der Inselgruppe nicht besonders üppig. Zwar sind Falklands Hügel mit Gräsern und Klee bewachsen, größere Bäume gibt es aber nicht, da das subantarktische Klima nur das Wachstum von maximal 1 Meter hohen Zwergbirken gestattet. An einheimischen Tieren finden wir unter anderem Albatrosse, Pinguine, Mähnenrobben, Seebären und Seeelefanten.

Ein Ausflug mit Google Earth auf die Inseln ist lohnenswert. Die Falkland-Gruppe ist gut aufgelöst, und darüber hinaus gibt es einige interessante Fotos.

Die Falkland-Inseln in Kürze:

Geographische Lage: 51° 45' S, 59° 0' W

Fläche: 12.173 km²

Höchste Erhebung: Mount Usborne (708 m)

Population: rund 3.000

Klimatyp (meteorologisch): subantarktisch maritim

Klima (volkstümlich): lausig

Anreise: Zwei bis dreimal wöchentlich mit Maschinen der britischen Luftwaffe ab Großbritannien über den Militärflughäfen Brize Norton in Oxfordshire.

Der heißeste Flecken im Meer

Nachdem wir die nasskalten Falkland-Inseln verlassen haben, ist es Zeit, uns ein wenig aufzuwärmen. Hierfür bietet sich ein Eiland an, das rund 350 km östlich des Horns von Afrika und ebenso weit südlich der Arabischen Halbinsel liegt. Im Sommer dürfte es dort am heißesten sein, denn bei Lufttemperaturen um + 45 °C bietet auch das bis zu + 36 °C aufgeheizte Meer keine Erfrischung. Wenn schon, dann sollte man sie im Winter besuchen

Die Insel Sokotra

Eines vorweg: Im Jahre 2008 wurde die zur Republik Jemen gehörende Inselgruppe als Weltnaturerbe der UNESCO ausgezeichnet. Und das aus gutem Grund. So weist die in einer trockenheißen Umgebung befindliche Insel, deren Pflanzen insbesondere in den höher gelegenen Regionen viel häufiger vom morgendlichen Tau als vom seltenen Regen profitieren, einige Besonderheiten in der Vegetation auf, die als einmalig zu bezeichnen sind.

So zeigen alle Pflanzen das Bestreben, sich durch Wuchshöhe, Reduzierung der Blattgröße, Blattabwurf und durch isolierende Überzüge vor der Austrocknung durch Wind und Hitze zu schützen. Sie suchen einen Kompromiss zwischen maximaler Photosynthese und Schutz vor Wasserverlust. Besonders eindrucksvoll ist der Flaschenbaum (adenium sokotranum), der das Wasser in einer tonnenförmigen Verdickung von Stamm und Wurzel speichern kann.

Eine weitere Besonderheit des Archipels sind die zahlreichen Drachenbäume, die man als seltene Einzelexemplare sonst nur auf den Kanaren und den Kapverden findet. Drachenbäume kommen auf Sokotra im Gegensatz zu den Kanaren erst in Höhenlagen ober-

halb von 500 Metern vor. Die beeindruckenden Bäume mit einer stark verzeigten Krone sind Relikte aus der Kreidezeit.
Historischen Quellen zufolge war Sokotra bereits den Ägyptern und Griechen bekannt. Als der Apostel Thomas in den gerade im Sommer von heißen Stürmen gepeitschten Gewässern vor Sokotra Schiffbruch erlitt, soll er vor Ort eine christliche Gemeinde gegründet haben. Im Jahre 1507 errichteten Portugiesen einen Stützpunkt im Nordosten der Insel. Von 1876 bis 1967 stand Sokotra ebenso wie der Südjemen unter britischer Verwaltung.
Mit Google Earth kann man die Insel jedoch auch bequem im Sommer erkunden. Ein sehenswertes Fotoalbum rundet die Exkursion ab. Besonders beeindruckend sind die uralten Drachenbäume vor einer einzigartigen Kulisse.

Sokotra in Kürze:

Geographische Lage: 12° 29' N, 53° 52' E

Fläche: 3.796 km^2

Population: rund 40.000

Klimatyp (meteorologisch): tropisch arid

Klima (volkstümlich): warme trockene Winter, unerträglich heiße Sommer

Anreise: Ab Frankfurt a. M. gibt es zweimal wöchentlich Verbindungen über Sanaa nach Sokotra.

Satellitenaufnahme der Insel Sokotra. Links davon ist das Horn von Afrika zu sehen. (Quelle: NASA)

Wie ein Felsen in rauer See

Auf Satellitenaufnahmen sieht sie mit ihren bizarren Konturen wie ein Hummer aus. Doch Restaurants, die das bei Feinschmeckern geschätzte Schalentier offerieren, wird man auf der Insel vergeblich suchen. Der Grund ist einfach – unser nächstes Reiseziel ist unbewohnt. Dabei liegt es nur knapp 500 km von der Südküste Neuseelands entfernt. Es handelt sich um

Die Auckland-Insel

Im Grunde müssen wir wieder von einer Inselgruppe sprechen, denn es handelt sich um insgesamt sieben Inseln, von denen mindestens eine früher einmal bewohnt war. Darauf weisen Überreste einer polynesischen Siedlung aus dem 13. Jahrhundert hin. Als der englische Kapitän Abraham Bristow als erster Europäer im Jahre 1806 die Inseln sichtete, benannte er sie nach einem Baron namens Auckland.

Mitte des 19. Jahrhunderts nahm eine kleine Gruppe von Maoris einen erneuten Anlauf, um die Hauptinsel Auckland zu besiedeln. Doch diese Ära währte nur rund 20 Jahre. Etwa zeitgleich versuchten auch rund 200 Engländer auf der Insel sesshaft zu werden. Doch bereits nach knapp drei Jahren schmissen sie das Handtuch. Für eine erfolgreiche Landwirtschaft war es einfach zu kühl und zu feucht.

Heimat bedrohter Tiere

Geblieben ist die wohl einzigartige Tierwelt der Inseln, die seit 1998 zum Weltnaturerbe der UNESCO gehören. Sie bieten einen idealen Aufenthaltsort für bedrohte Tierarten wie Gelbaugenpinguine und Springsittiche. Auch eine flugunfähige Ente (Aucklandente)

kommt dort noch vereinzelt vor. Von den einheimischen Pflanzen verdient insbesondere das Südinsel-Eisenholz Erwähnung. Es handelt sich um eine Baumart mit einer auffallend roten Blüte.

Google Earth zeigt die eigenwilligen Umrisse der Insel in bester Auflösung. Dazu gibt es ein sehenswertes Fotoalbum. Besonders eindrucksvoll ist die Aufnahme eines Wasserfalls am Südwestkap. Die tief hängenden Wolken und Nebelbänke machen deutlich, warum es auf der Insel niemand lange aushalten konnte.

Die Auckland-Insel in Kürze:

Geographische Lage: 50° 44' S, 166° 5' E

Gesamtfläche der Inselgruppe: 510 km²

Höchste Erhebung: Mount Dick auf Adams Island (705 m)

Population: unbewohnt

Klimatyp (meteorologisch): subantarktisch maritim

Klima (volkstümlich): lausig

Anreise: Ab Neuseeland. Die Zahl der Besucher wird durch die Regierung stark begrenzt.

Nomen est Omen

Von der See aus vermittelt die von Steilufern umgebene Insel nicht gerade einen einladenden Eindruck. So hat es vor Ort auch nie eine dauerhafte Population gegeben, denn das Klima ist nasskalt und unwirtlich. Diejenigen, die es monatelang auf der Insel aushalten mussten, waren nur unfreiwillig und höchst widerwillig dort. Für einen derart ungastlichen Ort gibt es eigentlich nur einen passenden Namen:

Disappointment-Island

Vermutlich haben sie die Insel verflucht. Gemeint sind die 15 Überlebenden eines Schiffsunglücks, die in den Jahren 1866 bis 1867 volle 18 Monate dort ausharren mussten, bevor sie gerettet wurden. Am 7. März 1907 geriet ein weiteres Schiff an der Westküste der Insel in Seenot und sank. Den 16 Überlebenden bot die von häufigen Stürmen gepeitschte Insel für sieben Monate eine mehr schlechte als rechte Zuflucht. So ist die Grabstätte eines Seemanns aus dem Jahre 1907 auch das einzige Indiz für den Aufenthalt von Menschen auf der Insel, die sich ca. sechs Kilometer westlich von der Auckland-Insel befindet.

Dafür führt die Tierwelt das Regiment über Disappointment-Island. Auf der kleinen Insel leben rund 70.000 Paare einer spezifischen Unterart von Weißkappenalbatrossen, die nur hier anzutreffen sind.

Google Earth zeigt die Umrisse der Insel in sehr guter Auflösung. Leider gab es zum Zeitpunkt der Manuskripterstellung noch kein Fotoalbum.

Disappointment-Island in Kürze:

Geographische Lage: 50° 36' S, 165° 58' E

Gesamtfläche: 3 km^2

Höchste Erhebung: 315 m

Population: unbewohnt

Klimatyp (meteorologisch): subantarktisch maritim

Klima (volkstümlich): lausig

Anreise: Siehe Auckland-Insel

Die Insel der Meuterer

An den Hollywood-Streifen „Meuterei auf der Bounty“ werden sich die meisten von Ihnen sicherlich erinnern. Marlon Brando spielte damals die Rolle des legendären Fletcher Christian. Der Film basiert auf einer wahren Begebenheit. Wer die Nachkommen der Meuterer besuchen möchte, sollte eine der einsamsten Inseln im Pazifischen Ozean besuchen. Aber es ist ein langer und beschwerlicher Weg nach

Pitcairn

Das Besondere gleich vorweg: Die einsame Insel ist die letzte verbliebene britische Kolonie im Pazifischen Ozean, und die rund 50 Menschen, die dort leben, sind allesamt Mischlinge. Ihre mütterlichen Wurzeln sind polynesischen Ursprungs, die väterlichen Wurzeln sind in England zu suchen, genauer gesagt bei den abtrünnigen Besatzungsmitgliedern der legendären Bounty. Als Anführer der Meuterer hielt Fletcher Christian die Insel für den geeigneten Zufluchtsort vor den britischen Schiffen, die die Admiralität zur Festnahme der Meuterer entsandte. Denn Meuterei wurde damals mit dem Tode geahndet. Benannt ist die Insel übrigens nach dem britischen Seefahrer John Pitcairn, der das felsige Eiland im Jahre 1767 entdeckte.

Als die Meuterer zusammen mit den entführten polynesischen Frauen im Januar 1790 die Insel betraten, war diese unbewohnt. Allerdings weisen einige Spuren auf eine frühe polynesische Besiedlung hin, deren Wurzeln bis heute unklar sind.

Das Anlaufen der Insel ist auch heute noch gefährlich. Im Gegensatz zu anderen Inseln der Südsee ist Pitcairn ein aus der Tiefe des Ozeans ragender Monolith ohne jeglichen Korallengürtel. Die

Brandung ist gewöhnlich sehr stark, denn Pitcairn befindet sich rund 5.000 km von Neuseeland und knapp 6.000 km von Südamerika entfernt.

Die Insel weist ein relativ feuchtes, subtropisches Klima auf. Die Durchschnittstemperatur liegt im Winter bei etwa 20 °C und im Sommer bei 25 °C. Die höchste jemals gemessene Temperatur betrug knapp 34 °C. Die Vegetation ist ziemlich üppig und wird vom so genannten Rosenapfel beherrscht. Es handelt sich um einen Myrtenstrauch, der eine maximale Höhe von 15 m erreichen kann. Wegen der Abgeschiedenheit und der Größe der Insel ist die Tierwelt nicht sehr artenreich. Lediglich eine endemische Sperlingsart, die als Pitcairn Reed Warbler bezeichnet wird, ist dort einzigartig.

Mit Google Earth lässt sich die Insel der Meuterer hervorragend erkunden. Das Fotoalbum von Pitcairn ist sehenswert.

Pitcairn in Kürze:

Geographische Lage: 25° 4' S, 130° 6' W

Gesamtfläche: 4,5 km^2

Höchste Erhebung: Pawala Valley Ridge (347 m)

Population: etwa 50

Klimatyp (meteorologisch): subtropisch maritim

Klima (volkstümlich): ganzjährig warm und feucht

Anreise: Auf Versorgungsschiffen, die unregelmäßig ab Neuseeland verkehren. Touristen können auf Anfrage mitgenommen werden. Wer die ca. einwöchige Seereise vermeiden möchte, kann alternativ mit dem Schiff von Mangareva (Französisch Polynesien) aus anreisen. Die Überfahrt dauert etwa 32 Stunden.

Satellitenaufnahme der Insel Pitcairn. (Quelle: NASA)

Verseuchtes Paradies

Eine einsame Inselgruppe mit weißen Palmenstränden, umgeben von Korallenriffen und glasklarem Wasser, in dem es von farbenprächtigen Tropenfischen wimmelt. So stellt man sich eigentlich das Paradies vor. Doch der Kalte Krieg verwandelte die Inselgruppe in eine atomare Hölle. In den 50er und 60er Jahren des letzten Jahrhunderts gab es noch keine Umweltschützer, die sich gegen die Versuche erhoben. Stattdessen wurde der Archipel in einem Schlagertext noch verhohnepipelt. Der Titel des Songs: Der Apoll vom…

Bikini-Atoll

Dieser gehört zu den Marshall Inseln und liegt in den Weiten des Pazifischen Ozeans. Bis 1946 wohnten rund 200 Polynesier auf der insgesamt 23 Inseln umfassenden Gruppe, der überwiegende Teil von ihnen auf der Hauptinsel Bikini. Sie lebten dort vom Fischfang, wie es ihre Vorfahren seit Generationen getan hatten. Doch am 30. Juni 1946 geschah der Sündenfall im Paradies. Donnernd fuhr über der Lagune des Bikini-Atolls der Atompilz einer 23 Kilotonnen-Bombe in den blauen Himmel. Knapp vier Wochen später erfolgte der zweite Atomblitz. Zu diesem Zeitpunkt wussten die zwangsevakuierten Inselbewohner noch nicht, dass sie sich für immer von ihrer Insel verabschieden mussten. Die Kernexplosionen waren nämlich nur ein Vorgeschmack auf eine Serie von Tests mit zum Teil 1000fach stärkeren Bomben, die dort zwischen 1954 und 1958 gezündet wurden.

Ursprünglich war die Rückkehr der Insulaner für 1968 geplant. Allerdings erwies sich die Radioaktivität als immer noch zu hoch. Pessimisten gehen davon aus, dass die Inseln erst ab 2040 wieder bewohnbar sind.

Google Earth demomstriert die Einzigartigkeit des nahezu geschlossenen Atolls in sehr guter Auflösung. Ein kleines Fotoalbum zeigt die Umgebung, aber auch Bilder von den Kernwaffentests vor Ort.

Bikini in Kürze:

Geographische Lage: 11° 37' N, 165° 24' E

Gesamtfläche: 6 km^2

Population: seit 1946 unbewohnt

Klimatyp (meteorologisch): tropisch maritim

Klima (volkstümlich): ganzjährig warm und feucht

Anreise: Voraussichtlich erst in ferner Zukunft möglich

Vom Piratennest zum Nationalpark

Im Jahre 1680 nutzte ein Pirat die Inseln als Station, bevor er die chilenische Stadt Arica überfiel. 1704 suchte wiederum der schottische Seemann Alexander Selkirk die Gestade der größten Insel des Archipels auf, die damals „Isla Más a Tierra" hieß. Ganze vier Jahre und vier Monate verbrachte er dort in völliger Einsamkeit. Zweifel an der Seetüchtigkeit seines Schiffes hatten ihn dazu bewogen, freiwillig an Land zu gehen. Als der englische Schriftsteller Daniel Defoe von dieser Geschichte hörte, inspirierte ihn dies zu seinem Roman Robinson Crusoe. Diesen Namen trägt heute die größte der

Juan-Fernández-Inseln

Unter dem Sog einer kalten Meeresströmung sind die Küsten der Insel ziemlich kahl und unwirtlich. Nur in den kühleren Höhenlagen offenbart sich dank zahlreicher Nebeltage eine immergrüne Landschaft, die wegen ihrer Einzigartigkeit zum Weltnaturerbe der UNESCO erklärt wurde. Die Juan-Fernández-Inseln liegen gut 600 km vor der chilenischen Küste, etwa in Höhe der Stadt Valparaiso. Ihren Namen verdankt die Gruppe dem portugiesischen Seefahrer Juan Fernández, der sie am 22. November des Jahres 1574 entdeckte. Aber erst gegen Ende des 19. Jahrhunderts wurde die Größte der bis dahin unbewohnten Inseln von Chilenen besiedelt.

Auf den Juan-Fernández-Inseln, insbesondere auf Robinson Crusoe, finden sich über 100 einzigartige Pflanzen, darunter regelrechte Raritäten. Ausgestorben geglaubte Orchideenarten sind hier ebenso beheimatet wie Riesenfarne, die im feuchten Bergland nicht selten Baumhöhe erreichen.

Wer die Inselgruppe über Google Earth besucht, sollte unbedingt etwas Zeit mitbringen. Insbesondere von Robinson Crusoe gibt es ein wunderschönes Album mit rund 100 Fotos, die zum Verweilen einladen.

Die Juan-Fernández-Inseln in Kürze:

Geographische Lage: 33° 40' S, 78° 50' W

Anzahl der Inseln: 3

Gesamtfläche: 143 km^2

Höchste Erhebung: Cerro El Yunque auf Robinson Crusoe (916 m)

Population: ungefähr 600

Klimatyp (meteorologisch): ozeanisch

Klima (volkstümlich): ganzjährig mild

Anreise: Über Chile möglich. Ab Valparaiso gibt es eine wöchentliche Flugverbindung.

Wo Australien die kalte Schulter zeigt

Unsere nächste Insel gehört zu Australien, obwohl sie rund 4.000 km von der Westküste des Kontinents entfernt liegt. Es gibt dort eine Besonderheit: Auf der einsamen Insel befindet sich der über 2.700 m hohe Mawson Peak, ein auch als „Big Ben" bezeichneter Vulkan, der höchste Berg Australiens. Vor zu starker Sonneneinstrahlung muss man sich auf dem Eiland, das gewöhnlich einen grauen Himmel kennt, nur selten schützen. Darüber hinaus ist es zum Baden eh viel zu kalt. Unser Ziel ist

Die Heard-Insel

Die Daten besagen bereits alles: Zwar ist das Klima extrem ozeanisch und kennt keine großen Temperaturunterschiede. Doch die sensationell niedrige jährliche Amplitude von nur 4,4 °C zwischen dem wärmsten und dem kältesten Monat darf nicht darüber hinwegtäuschen, dass die Temperaturen erbärmlich sind. Durchschnittlich – 0,8 °C sind es im kältesten Monat (August) und nur gerade mal + 3,6 °C im „wärmsten" Monat (Februar). So darf man sich auch nicht darüber wundern, dass die Insel bisher unbewohnt blieb. Nur Pinguine, Robben und antarktische Seeelefanten fühlen sich an ihren Gestaden der Insel wohl.

Auch hier zeigt sich wieder einmal in aller Deutlichkeit die klimatische Asymmetrie zwischen der Nord- und der Südhalbkugel. Vom Breitengrad her würde die Heard-Insel der Insel Helgoland entsprechen. Doch Helgoland weist eine jährliche Amplitude von 15 °C auf, mit einem Minimum von + 2 °C im Januar und einem Maximum von + 17 °C im Juli. So ist es auch nicht weiter verwunderlich, dass 80% der Heard-Insel unter einer ständigen Eisdecke liegen, und der „Big Ben" eine Vielzahl von großen Gletschern aufweist. Seit 1997 gehört die Insel zum Weltnaturerbe der UNESCO.

Kuriosum am Rande: Obwohl die Insel unbewohnt ist, besitzt sie eine Top-Level-Domain. Die Länderkennung lautet .hm.

Besuchen Sie unbedingt Google Earth. Der schneegefüllte Krater des „Big Ben" ist in hoher Auflösung zu erkennen. Auch das kleine Fotoalbum ist sehenswert. Auf einem Foto erkennt man sehr schön die Rauchfahne des Vulkans.

Die Heard-Insel in Kürze:

Geographische Lage: 53° 6' S, 73° 32' E

Fläche: 372 km²

Höchste Erhebung: Mawson Peak (2.745 m)

Population: unbewohnt

Klimatyp (meteorologisch): subantarktisch, ozeanisch

Klima (volkstümlich): lausig

Anreise: Ab Australien. Die Anzahl der Besucher ist auf 400 Personen im Jahr limitiert.

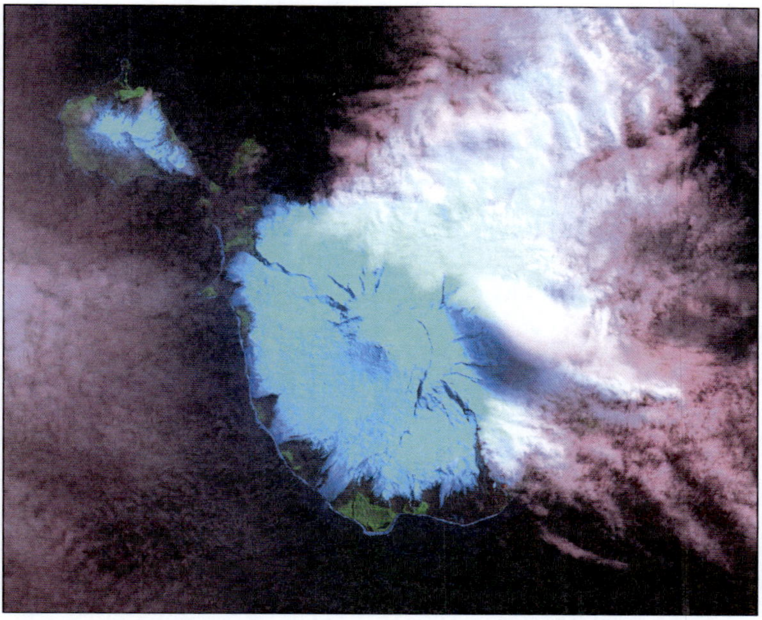

Satellitenaufnahme der Heard-Insel. Die Ostküste ist durch Wolken bedeckt. (Quelle: NASA)

Keine Chance auf Big Mac

Die nächste Station unserer Reise liegt ganz in der Nähe der Heard-Insel. Wer sich hierher verirrt, wird weder eine Menschenseele, geschweige denn ein Restaurant vorfinden. Besucher, die vor Ort etwas essen möchten, müssten schon einem der zahlreichen Seeelefanten den fangfrischen Fisch aus dem Maul reißen. Von Fast-Food kann also keine Rede sein auf den

McDonald-Inseln

Der Name geht auf den schottischen Kapitän William McDonald zurück, der die unwirtlich zerklüftete Inselgruppe im Jahre 1854 entdeckte. Die Inseln sind allesamt vulkanischen Ursprungs. Trotz der geringen Ausmaße von nur 2 km² gibt es auf der Hauptinsel einen aktiven Vulkan, dessen letzter nennenswerter Ausbruch zur Jahreswende 1996/97 erfolgte. Im Jahr 2005 gab es mehrere kleine Eruptionen.

Das Klima und die Fauna ähneln stark der benachbarten Heard-Insel. Im Gegensatz zur Letzteren gibt es auf McDonald aber keine Gletscher, was sich aus der geringen Fläche der Insel und den topographischen Gegebenheiten erklärt.

Beeindruckende Brandungswellen

Google Earth zeigt die kleine Insel in beeindruckender Auflösung. Leider gibt es nur ein einziges Foto, das von See aus aufgenommen wurde. Neben der Hauptinsel zeigt es einen Felsen, der entfernt an den „Zuckerhut" von Rio de Janeiro erinnert. Bei der virtuellen Erkundung sollte man stattdessen einmal die Perspektive ändern und in die Seitenansicht wechseln. Hier bietet Google Earth die einzigartige Möglichkeit, die Insel ohne jegliches Anzeichen von

Seekrankheit zu umrunden. Dass diese Sorge nicht von ungefähr stammt, zeigen die Furcht einflößenden Brandungswellen am Steilufer der Insel.

Mit der benachbarten Heard-Insel teilt sich McDonald die Top-Level-Domain .hm, wobei „hm" für „Heard und McDonald" steht. Ob die Pinguine vor Ort das wohl zu schätzen wissen?

Die McDonald-Inseln in Kürze:

Geographische Lage: 53° 03' S, 72° 36' E

Anzahl der Inseln: 3

Gesamtfläche: 2 km^2

Höchste Erhebung: 186 m

Population: unbewohnt

Klimatyp (meteorologisch): subantarktisch, ozeanisch

Klima (volkstümlich): lausig

Anreise: Ab Australien. Anlandende Schiffe müssen vor der stürmischen Küste vor Anker gehen. Daher wird die Insel auch heute nur sehr selten von Besuchern aufgesucht.

Die Insel des erfundenen Grafen

Sie ist relativ klein und darf nur mit einer Sondergenehmigung betreten werden. Abgesehen von wenigen Wildhütern gibt es auf ihr auch keine Bewohner. Dennoch kennt jeder den Namen der Insel, denn er ist Bestandteil eines weltberühmten Romans. Verfasst hat ihn der französische Schriftsteller Alexandre Dumas im Jahre 1845. Es handelt sich um

Monte Christo

Oftmals findet man die Insel in der italienischen Schreibweise „Montecristo", denn sie gehört zum so genannten Toskanischen Archipel und ist heute Teil der Gemeinde Portoferraio. Die wilde mit Macchie bewachsene Insel stellt einen bevorzugten Ruhe- und Rückzugsort für Vögel dar. Im Jahre 1970 wurde sie von der italienischen Regierung als Naturschutzgebiet ausgewiesen und darf nur mit einer Sondergenehmigung betreten werden.

Monte Christo ist eine der unzugänglichsten und wildesten Inseln des toskanischen Archipels und zugleich am weitesten vom Festland entfernt. Sie besteht hauptsächlich aus grau-rosa gefärbtem Granit und hat die Form einer breiten, niedrigen Pyramide. Früher war die Insel einmal bewohnt. Zuerst waren die Phönizier vor Ort. Im weiteren Verlauf der Geschichte, etwa ab dem 5. Jahrhundert, begannen Mönche und Eremiten, einen Teil des Territoriums bewohnbar zu machen. Heute erinnern noch die Ruinen eines im Jahre 1553 durch Piraten zerstörten Klosters an die Vergangenheit.

Auf Monte Christo darf gemeckert werden

Zu den Besonderheiten gehören die „Monte Christo-Ziegen", von denen knapp 500 auf der Insel leben. Sie stammen ursprünglich aus Kleinasien und wurden von den Phöniziern eingeführt. Die heute längst verwilderten Ziegen sind aufgrund ihrer Isolation für die genetische Forschung von Interesse.

Auch im Falle von Monte Christo lohnt sich ein virtueller Besuch bei Google Earth. Das Fotoalbum enthält auch zwei Ansichten der Villa des britischen Kunstsammlers George Watson-Taylor, der Mitte des 19. Jahrhunderts kurze Zeit hier lebte.

Monte Christo in Kürze:

Geographische Lage: 42° 20‘ N, 10° 18‘ E

Gesamtfläche: 10.4 km²

Höchste Erhebung: 646 m

Population: zwei Wildhüter

Klimatyp (meteorologisch): mediterran

Klima (volkstümlich): warme Sommer, milde Winter

Anreise: Ab Elba. Allerdings nur mit Sondergenehmigung.

Kuriosum vor der türkischen Küste

Es ist die östlichste Gemeinde Griechenlands, die kaum jemand kennt. Gleichwohl gilt die kleine Insel unter Individualtouristen wegen ihrer exotischen Randlage als Geheimtipp. Wer sie auf der Landkarte sucht, reibt sich zwangsläufig die Augen, denn vom türkischen Festland trennen sie gerade mal drei Kilometer. Es ist die Insel

Kastellorizo

Die kleine Insel kann auf eine bewegte Geschichte zurückblicken. Ihre Besiedlung fand bereits in der Antike statt – noch heute sind im Inselinnern die Ruinen der alten Hauptstadt Paleokastro zu sehen. Kastellorizo gehörte einst zum Reich Alexanders des Großen, zum Römischen Reich und zum Byzantinischen Kaiserreich. Im 16. Jahrhundert fiel sie an das Osmanische Reich.

Im ersten Weltkrieg besetzten wiederum französische Truppen die Insel, und in den 1920er-Jahren übernahm Italien die Verwaltung. Im Verlauf des 2. Weltkrieges stand Kastellorizo ab 1943 unter britischer Verwaltung und wurde im Jahr 1945 Griechenland zugeteilt. Aufgrund der geografischen Nähe wird die Insel jedoch auch von der Türkei beansprucht.

Hier beginnt Europa

Die Landschaft der Insel ist gebirgig und felsig. Natürliche Quellen gibt es so gut wie keine. Bis vor einigen Jahren gab es für die Wasserversorgung nur unzählige Zisternen und Auffangbecken. Heute wird die Insel allerdings regelmäßig mit Wassertankschiffen von Rhodos aus beliefert. Da die Insel ziemlich umständlich zu erreichen ist, gilt Kastellorizo immer noch als ein bevorzugtes

Ziel für jene Touristen, die abseits der großen Reiserouten eine Atmosphäre der Ruhe suchen. Am Kai von Kastellorizo steht ein handgemaltes Schild. Es weist darauf hin, dass hier Europa beginnt. Von außergewöhnlicher Schönheit ist eine blaue Grotte, die sich im südöstlichen Teil der Insel befindet.

Bei Google Earth gibt es einige sehenswerte Fotos. Sehr schön ist auch die extreme Randlage der Insel zu erkennen.

Kastellorizo in Kürze:

Geographische Lage: 36° 9' N, 29° 35' E

Gesamtfläche: 9,11 km^2

Höchste Erhebung: 273 m

Population: etwa 430

Klimatyp (meteorologisch): mediterran

Klima (volkstümlich): warme Sommer, milde Winter

Anreise: Von Rhodos aus per Schiff oder mit Propellermaschinen von Olympic Airlines.

Eine ehemals deutsche Kolonie im Pazifischen Ozean

Ihr Name ist beinahe in Vergessenheit geraten. Nur wer im Geschichtsunterricht gut aufgepasst hat, wird mit dem Namen der Inselgruppe noch etwas anfangen können. Kein Geringerer als der deutsche Kaiser Wilhelm II. hatte sie 1899 gekauft und zu einer wichtigen Handelsstation im Pazifik ausgebaut. Im ersten Weltkrieg verlor das Deutsche Reich die Kolonie an Japan. Nach dem Zweiten Weltkrieg stand sie unter amerikanischer Verwaltung und erlangte im Jahre 1979 schließlich ihre Unabhängigkeit. Es handelt sich um

Palau

Über die ersten Bewohner der Insel ist nur wenig bekannt. Fest steht, dass Palau bereits um 1.000 v. Chr. besiedelt war. Unbekannt ist jedoch, ob die Ureinwohner ursprünglich aus Indonesien, Australien oder Polynesien kamen. Der erste Europäer, der Palau betrat, war der spanische Seefahrer Ruy López de Villabos, der nicht nur Palau sondern auch die umliegenden Inseln im Jahre 1543 für Spanien in Besitz nahm.

Die nördlich von Papua-Neuguinea gelegenen Inseln gehören zu der pazifischen Inselregion Mikronesien. Die sechs Gruppen der Palauinseln bestehen aus insgesamt 356 Inseln, von denen aber nur elf bewohnt sind. Bei den meisten von ihnen handelt es sich um Atolle aus Korallenkalk, die insbesondere unter Tauchern als Geheimtipp gelten. Ansonsten sind die Inseln vom Massentourismus bislang verschont geblieben, was unter anderem an der umständlichen Anreise liegt. Es gibt vor Ort nur kleine Hotels bzw. Bungalow- und Appartmentanlagen.

Die mit 70 Prozent größte ethnische Gruppe besteht aus Mikronesiern mit malaiischen und melanesischen Vermischungen. 28 Prozent der Bevölkerung haben asiatische Wurzeln. Europäische Einwanderer stellen mit nur zwei Prozent eine Minderheit dar. Dem Breitengrad entsprechend ist das Klima tropisch.

Bei Google Earth ist besonders das Fotoalbum sehenswert. Es zeigt unter anderem einige Küstenabschnitte, die ohne Übertreibung als Traumstrände bezeichnet werden dürfen.

Palau in Kürze:

Geographische Lage: 7° 30' N, 133° 30' E

Gesamtfläche: 491 km^2

Population: etwa 20.000

Klimatyp (meteorologisch): tropisch

Klima (volkstümlich): ständig heiß und feucht.

Anreise: Von Europa aus fliegt Continental Airlines mit Zwischenstopps in den USA und auf Guam nach Palau, ebenso über Manila und Guam zweimal wöchentlich. Darüber hinaus fliegt die taiwanesische China Airlines von Frankfurt aus mit einem Zwischenstopp in Manila die Inselgruppe an.

Monarchie der Königspinguine

Das einsame Ziel liegt auf halbem Weg zwischen Madagaskar und der Antarktis. Es ist eine unwirtliche Gegend, die selbst anspruchslosen Schiffbrüchigen keinen rechten Schutz zu bieten vermag. Das Klima ist kalt und unfreundlich, am ehesten lässt es sich mit einem niemals enden wollenden November vergleichen. Entsprechend dürftig ist die Vegetation vor Ort. Die Inselbewohner schert das aber wenig, denn unter diesen Bedingungen fühlen sie sich pudelwohl. So finden wir vor Ort auch die größte Kolonie an Königspinguinen. Die nächste Etappe unserer ungewöhnlichen Weltreise:

Die Crozetinseln

Fremantle, Westaustralien, 18. September 1887: In der südlich von Perth gelegenen Küstenstadt wird ein Riesensturmvogel mit einer Nachricht entdeckt. Diese stammt von der Mannschaft eines französischen Schiffes. Es ist ein dringender Hilferuf. Darin ist zu lesen, dass ihr Schiff vor rund sechs Monaten auf einen Felsen gelaufen war, und die Mannschaft sich auf die zu den Crozetinseln gehörende Ile aux Cochons (Schweine-Insel) retten konnte. Als am 2. Dezember ein französisches Rettungsschiff eintrifft, findet die Besatzung in einer notdürftigen Insel-Unterkunft nur einen Brief des Kapitäns vor. Aus ihm geht hervor, dass sich die Schiffbrüchigen in einer extrem schwierigen Lage befanden und den Versuch unternehmen wollten, mit einem kleinen Boot die nächstgrößere Insel anzusteuern. Von der Besatzung wurde nie wieder ein Lebenszeichen gesichtet. Vermutlich kenterte ihr Boot in den rauen Gewässern.

Anfang des 19. Jahrhunderts hatte es immer wieder Robben- und Walfänger auf die Inseln gezogen. Das führte schließlich dazu, dass die natürlichen Robbenbestände um 1835 nahezu ausgerottet waren. Wie skrupellos die Jäger waren, belegt ein Drama aus dem Jahre 1825, als französische Robbenfänger vor der Insel Chabrol Schiffbruch erlitten. Als im Jahre 1827 ein vorbeikommendes Schiff die Überlebenden aufnahm, waren von der ursprünglichen Mannschaft nur wenige übrig geblieben. Die meisten Schiffbrüchigen hatten sich beim Kampf ums Überleben gegenseitig umgebracht.

Die Flora der Insel beschränkt sich wegen des ewig kühlen Klimas auf Gräser und Moose. Es gibt keine Bäume auf der Crozet-Insel, die am höchsten entwickelten Pflanzen sind niedrige Sträucher. Dafür ist die Inselgruppe ein Paradies für die subantarktische Tierwelt. Außer den bereits erwähnten Königspinguinen finden sich unter anderem Albatrosse, Seeleoparden, Seeelefanten und Seebären auf Crozet und den benachbarten Inseln.

Seit 1964 gibt es eine ständig besetzte Forschungsstation auf der Insel. Die Anlandung auf Crozet ist auch mit moderner Technik immer noch schwierig.

Google Earth zeigt Teile der Crozet-Insel in hervorragender Auflösung. Unbedingt empfehlenswert ist das ausführliche Fotoalbum mit beeindruckenden Aufnahmen der zwar unwirtlichen, aber einzigartigen Landschaft.

Die Crozetinseln in Kürze:

Geographische Lage: 46° 25' S, 51° 41' E

Gesamtfläche: 352 km²

Höchste Erhebung: Mont Marion-Dufresne (1.050 m)

Population: maximal 60 Stationsmitarbeiter, ansonsten unbewohnt.

Klimatyp (meteorologisch): subantarktisch, maritim

Klima (volkstümlich): lausig

Anreise: Anbieter von Antarktis-Kreuzfahrten laufen gelegentlich die Crozet-Inseln an. Von privaten Exkursionen mit gecharterten Jachten ist wegen gefährlicher Untiefen und unberechenbarer Meeresströmungen abzuraten.

Kein zweites Korsika im Indischen Ozean

Die Hauptinsel ist beinahe so groß wie Korsika, aber ihre Natur ist noch viel verwegener als die der ohnehin schroffen Mittelmeerinsel. Die Küstenlinie ist extrem bizarr und mit zahllosen Fjorden sowie schmalen Halbinseln übersät. Rund 300 Schären und kleinere Inselchen umrahmen die Hauptinsel. Wasserfälle, die sich über die Steilufer ins Meer stürzen, machen mitunter auf halber Strecke eine Kehrtwendung und werden wieder nach oben gedrückt – eine Folge der häufigen Orkanwinde, von denen die Inselgruppe regelmäßig heimgesucht wird. Es gibt genügend Süßwasser, sogar einen 25 km2 großen See. Dennoch trotzte das Eiland wegen des absolut ungemütlichen Klimas auf 49° südlicher Breite bisher allen Besiedlungsversuchen. Die einzigen Menschen vor Ort sind die Mitarbeiter einer französischen Forschungsstation. Unser Ziel:

Die Kerguelen

Von einem rund 500 km^2 großen Gletscher ziehen sich die Zungen bis ins Meer. Über unzählige Stufen bahnen sich Kaskaden von Schmelzwasser den Weg in den Ozean. Es gibt keine Bäume, dafür aber dichte Polster aus Moosen, Gräsern und Farnen, die sich bis in Höhen von etwa 400 Metern ausbreiten. An rund 200 Tagen im Jahr regnet es, und ebenso oft ist Sturm angesagt. Das Klima ist hochozeanisch, aber subantarktisch. Im Winter sind es durchschnittlich + 2°C. Die Sommer fallen mit einem Mittel von nur + 8°C jedoch deutlich kälter als auf Island aus, das knapp südlich des nördlichen Polarkreises liegt. Eine Besonderheit der Vegetation ist der nur hier wachsende Kerguelenkohl. Seine genießbaren Blätter enthalten Vitamin C. Im 19. Jahrhundert dienten sie gelegentlich vorbeifahrenden Seeleuten im Indischen Ozean als Nahrungsmittel gegen Skorbut.

Wie andere subantarktische Inseln sind auch die Kerguelen die Heimat zahlreicher Pinguine, Seeelefanten und Seeleoparden. Einzigartig auf der Inselgruppe sind Fliegen, Käfer und Schmetterlinge mit unterentwickelten Flügeln. Wegen der häufigen Stürme erwies sich diese Rückbildung offenbar als Selektionsvorteil.

Im Jahre 1912 ließen sich Schafzüchter auf den Kerguelen nieder. Da den Tieren aber die Winterweiden fehlten, wurde das Besiedlungsprojekt nach knapp 20, von Enttäuschung geprägten Jahren wieder eingestellt. Die einzigen Menschen, die heute im Osten der Hauptinsel leben, sind die Mitarbeiter einer französischen Forschungsstation. Die als Port-aux-Français bezeichnete Basis ist seit 1951 ständig besetzt.

Die virtuelle Anreise über Google Earth ist wirklich lohnend. Allein schon die Gestalt der Hauptinsel ist überaus imposant. Auch das umfangreiche Fotoalbum lässt keine Wünsche offen. Besonders beeindruckend sind die Aufnahmen des Riesengletschers und der bizarren Wasserfälle.

Kerguelen in Kürze:

Geographische Lage: 49° 20' S, 69° 20' E

Gesamtfläche: 7.215 km^2

Höchste Erhebung: Mont Ross (1.850 m)

Population: je nach Jahreszeit 60 – 120 Stationsmitarbeiter, ansonsten unbewohnt

Klimatyp (meteorologisch): subantarktisch, maritim

Klima (volkstümlich): lausig

Anreise: Anbieter von Antarktis-Kreuzfahrten laufen gelegentlich die Kerguelen-Inseln an. Des Weiteren ab La Réunion an Bord der „Marion Dufresne“, einem Schiff, das mehrmals im Jahr für die Versorgung der Station sorgt. Es nimmt eine begrenzte Anzahl an Passagieren für eine durchschnittliche Reisedauer von 28 Tagen mit.

Satellitenaufnahme der Kerguelen-Insel inmitten eines wolkenfreien Auges.
(Quelle: NASA)

Nein, es ist keine Insel – doch, es ist eine Insel!

Die Fläche der Insel übertrifft die der weltweit kleinsten Insel Bishop`s Rock um gerade mal rund 50 m^2. Sie liegt im Nordatlantik rund 400 km westlich der Hebriden und ziemlich genau auf halber Strecke zwischen Island und Irland. Ihre geographische Lage lässt eine ständig steife Brise vermuten. Wer dort leben möchte, muss im Klettern geübt sein. Es handelt sich um

Rockall

Woher die Insel stammt, weiß keiner so recht. Einer keltischen Sage zufolge ist ihre Entstehung der Laune eines Riesen zu verdanken, der einen Kieselstein in den Nordatlantik warf. Während des Kalten Krieges im Jahre 1955 betraten britische Marinesoldaten erstmals den schroffen Felsen und hissten vor Ort den Union Jack, um den Anspruch Englands auf die unbewohnte Insel zu sichern.

Aber auch Irland, Island und die zu Dänemark gehörenden Bewohner der Färöer erheben Anspruch auf den Felsen. Außerdem geht es um die Frage, ob Rockall überhaupt eine Insel mit einer anerkannten Wirtschaftszone und den dazugehörenden Fischereirechten ist oder nicht. Zur Unterstreichung der Inselfunktion ging 1985 ein britischer Überlebenskünstler „an Land", um ganze 40 Tage auf dem Felsen auszuharren. Damit sollte demonstriert werden, dass Rockall „im Prinzip" bewohnbar sei.

In der Nähe des Felsens gibt es Ölvorkommen, die bis heute wegen ungeklärter Rechtsfragen nicht erschlossen werden konnten. Als Pläne zur eventuellen Ölförderung bekannt wurden, besetzten Greenpeace-Aktivisten im Jahre 1997 den Felsen und gründeten vor Ort einen neuen Staat mit dem Namen „Global State of Waveland".

Bei Google Earth findet der interessierte Surfer einige interessante Fotos. Der einzige bewohnbare Ort scheint die Spitze des Felsens zu sein.

Rockall in Kürze:

Geographische Lage: 57° 36' N, 13° 41' W

Gesamtfläche: 784,3 m^2

Höchste Erhebung: 21,4 m

Population: unbewohnt

Klimatyp (meteorologisch): kühl maritim

Klima (volkstümlich): ziemlich frisch

Anreise: Nur mit privaten Jachten möglich. Die Besteigung des Felsens ist aber schwierig.

Schneebedeckter Vulkan in der Einsamkeit des Nordmeeres

Meist ist er von Wolken verhangen, aber an klaren Tagen zeigt er sich in voller Pracht. Gemeint ist der vergletscherte Vulkankegel des Beerenberges, der mit 2277 m Höhe nach dem Ätna der zweithöchste Vulkan Europas ist. Einer Fata Morgana gleich ragt der Kegel aus der grauen Grönlandsee hervor. Wer hätte gedacht, dass es rund 550 km nordöstlich von Island solch eine beeindruckende Insel gibt. Das zu Norwegen gehörende Naturwunder trägt den Namen

Jan Mayen

Die extrem hantelförmige Insel vulkanischen Ursprungs umfasst bei einer Länge von insgesamt 55 km eine Fläche von rund 370 km^2. Ihr Namensgeber war der niederländische Walfänger Jan Jacobszoon Mayen, der sie im Jahre 1614 entdeckte. Das Wahrzeichen der einsamen Insel ist der Beerenberg, der den gesamten nordöstlichen Teil Jan Mayens einnimmt. Geologen stuften ihn als erloschen ein, sie wurden durch mehrere Ausbrüche im Jahre 1970 jedoch eines Besseren belehrt. Der Krater des Vulkans ist mit Eis gefüllt, und von seinem Kegel ausgehend münden zahlreiche Gletscher direkt ins Meer.

An der Grenze zwischen dem kalten Ostgrönlandstrom und dem wärmeren Wasser des Golfstroms gelegen, gilt Jan Mayen als ausgesprochene Wetterküche. Unter Berücksichtigung der weit nördlichen Lage jenseits des Polarkreises muss der Insel aber ein verhältnismäßig mildes Klima attestiert werden. Die Durchschnittstemperatur des kältesten Monats (Februar) liegt bei – 5,2 °C, im wärmsten Monat (August) werden + 5,5 °C erreicht, was einem durchschnittlichen Märztag in Deutschland entspricht.

Natürlich darf man bei diesen klimatologischen Daten keine üppige Vegetation erwarten. In den geschützten Lagen gedeiht während des kurzen Sommers dank ausreichender Feuchte aber eine teils üppige Tundravegetation aus Moosen und Flechten, die den gelegentlichen Besucher nicht selten mit spektakulären Farbkombinationen überrascht. Die Fauna Jan Mayens wird von Vögeln, Walrossen, Robben und Polarfüchsen beherrscht. Vereinzelt treten auch Eisbären auf.

Eine Besiedelung der Insel hat es nie gegeben. Lediglich Robbenfänger suchten sie in der Vergangenheit sporadisch auf. Seit 1921 unterhält Norwegen eine ständig besetzte Wetterstation auf der Insel. Darüber hinaus errichteten US-Amerikaner im Jahre 1943 die Radio- und Peilstation „Atlantic City“, die nach dem Ende des 2. Weltkrieges von Norwegen übernommen wurde. Zur Versorgung der Stationen gehört auch eine 1,5 km lange Landepiste, die Touristen aber nicht zur Verfügung steht.

Leider lässt die Auflösung der Insel bei Google Earth etwas zu wünschen übrig. Dennoch lohnt sich der Besuch wegen des beeindruckenden Fotoalbums.

Jan Mayen in Kürze:

Geographische Lage: 71° 3' N, 8° 14' W

Gesamtfläche: 373 km^2

Höchste Erhebung: Beerenberg (2.277 m)

Population: 18 (Mitarbeiter einer Wetter- und einer Navigationsstation)

Klimatyp (meteorologisch): polar maritim

Klima (volkstümlich): kalte Winter, kühle Sommer

Anreise: Im Rahmen von Expeditionskreuzfahrten mit kleinen Schiffen, die auch einen Besuch Jan Mayens mit Landung einschließen.

Die Insel der Riesenschildkröten

Unser nächstes Ziel gehört aus gutem Grund seit 1982 zum Weltnaturerbe der UNESCO, denn hier leben abgeschirmt von der menschlichen Zivilisation die glücklichsten Schildkröten unseres Planeten. Die im Lateinischen als Dipsochelys dussumieri bezeichnete Rarität ist die einzige noch lebende Spezies aus der Gattung der echten Landschildkröten. Wir sind in einem einzigartigen Naturparadies angelangt, nämlich auf

Aldabra

Im Grunde genommen ist Aldabra keine einzelne Insel, sondern vielmehr ein Atoll. Es besteht aus den vier Hauptinseln Grande Terre (ca. 11 610 ha), Malabar (ca. 2 680 ha), Picard (ca. 940 ha), Polymnie (ca. 475 ha) sowie einer Anzahl kleinerer Eilande. Mit einem Umfang von rund 100 km ist Aldabra zugleich das größte Atoll der Welt.

Wer jemals die Gelegenheit haben sollte, diese Region zu betreten, wird von den Mangrovenwäldern beeindruckt sein, die insbesondere für Grande Terre und Malabar charakteristisch sind. Acht unterschiedliche Mangrovenarten sind hier beheimatet. Sie beherbergen zahlreiche, zum Teil bedrohte Vögel wie zum Beispiel Flamingos, Fregattvögel, den Nektarvogel, Reiher, Tölpel sowie die Weißkehlralle.

Google Earth bietet quasi zum Nulltarif einen einzigartigen Einblick in dieses Naturparadies. Die Hauptinsel ist hervorragend aufgelöst, und das Fotoalbum ist sehenswert. Die ausgedehnten Mangrovenwälder in der Einsamkeit des Indischen Ozeans sind wirklich beeindruckend.

Aldabra in Kürze:

Geographische Lage: 9° 25' S, 46° 22' E

Gesamtfläche: 155 km^2

Höchste Erhebung: wenige Meter

Population: bis auf einige Naturschützer unbewohnt

Klimatyp (meteorologisch): tropisch

Klima (volkstümlich): ständig heiß und feucht

Anreise: Von den Seychellen aus können Tagesausflüge über private Arrangements zu den Inseln unternommen werden. Eine vorherige Genehmigung ist unbedingt erforderlich, zumal das Betreten des Atolls strengen Auflagen unterliegt. Die Kosten sind wegen des ohnehin hohen Preisniveaus auf den Seychellen exorbitant. Nach Auskunft des Seychelles Tourist Office müssen pro Person rund 7.000 Euro einkalkuliert werden. Dabei muss berücksichtigt werden, dass das Aldabra-Atoll zwar zu den Seychellen gehört, aber mehr als 1.100 Kilometer südwestlich von den Traumständen der Hauptinsel Mahé entfernt liegt. Darüber hinaus ist das Atoll wegen eines Piratenüberfalls auf eine Touristenyacht seit Frühjahr 2009 zum militärischen Sperrgebiet erklärt worden. Wann mit einer Aufhebung zu rechnen ist, war bis zur Drucklegung nicht bekannt.

Die Inseln der Unglücklichen

Auch unser nächstes Ziel ist, wenn man von wenigen Armeeangehörigen vor Ort einmal absieht, unbewohnt. Stattdessen verbirgt sich hinter dem wenig einladenden Namen der Inselgruppe ein einzigartiges Ökosystem, wie wir es sonst nur von den viel weiter nördlich gelegenen Galapagos-Inseln her kennen. Steuern wir es also einfach einmal an, ein verstecktes Naturparadies, das sich im Pazifischen Ozean rund 850 km westlich von Chile, etwa auf der Höhe der Stadt Valparaiso befindet. Den Namen der Inselgruppe dürfte kaum jemand kennen. Es handelt sich um

Desventuradas

Woher der Name Islas de los Desventuradas (span. = Inseln der Unglücklichen) stammt, ist ungeklärt. Vielleicht lag es an der schweren Zugänglichkeit der relativ kleinen Inselgruppe, von der nur die „Hauptinseln" San Ambrosio und San Félix mit einer Fläche von 2,2 bzw. 1,4 km^2 von Bedeutung sind. Hinzu gesellen sich ein winziges Inselchen namens Islote Gonzales und ein an eine Kathedrale erinnernder Felsen im Meer, Roca Catedral genannt.

In der Tat wirken die Inseln vom Meer aus betrachtet wenig einladend. Sowohl San Ambrosio als San Félix ragen jäh aus dem Ozean hervor, und die Steilufer aus Basalt bieten keinen natürlichen Ankerplatz.

Die isolierte Lage in Verbindung mit dem nährstoffreichen Humboldtstrom sind dafür verantwortlich, dass sich auf den Inseln ein außergewöhnliches Ökosystem entwickeln konnte. Zu den heimischen Vogelarten gehören unter anderem der seltene Nazcatölpel oder der gefährdete Juan-Fernandez-Sturmvogel.

Google Earth zeigt die Inselgruppe in guter Auflösung. Sehenswert ist das Fotoalbum, das unter anderem einige Aufnahmen des Nazcatölpels sowie Fotos von San Félix beinhaltet. Allerdings macht die nahezu vegetationslose Insel keinen sehr einladenden Eindruck. Lohnenswert ist der Besuch von Roca Catedral, denn der Felsen erinnert tatsächlich an eine Kathedrale.

Desventuradas in Kürze:

Geographische Lage: 26° 19' S, 79° 59' W

Gesamtfläche: 3,9 km^2

Höchste Erhebung: 479 m

Population: bis auf wenige chilenische Armeeangehörige unbewohnt

Klimatyp (meteorologisch): subtropisch maritim.

Klima (volkstümlich): warme Sommer, milde Winter

Anreise: nur mit Sondergenehmigung der chilenischen Behörden möglich

Galapagos auf Mexikanisch

Wer das Besondere liebt, sollte unbedingt eine Inselgruppe im Pazifischen Ozean besuchen, die sich rund 400 km südwestlich der Halbinsel Kalifornien befindet. Es handelt sich um ein abgeschiedenes Paradies, das Tauchern und Naturliebhabern gleichermaßen empfohlen werden kann. Die Anreise ist etwas umständlich, aber ohne großes Risiko zu bewältigen. Besuchen Sie doch einmal

Die Revillagigedo-Inseln

Das „Revillagigedo Island Marine Reservat“ ist der einzige nationale Unterwasserpark Mexikos. Er umfasst den gesamten Archipel mit seinen drei Inseln San Benedicto, Socorro, Clarión und dem Felsen Roca Partida. Die Inseln gelten als ein Tummelplatz für eine Vielzahl an Haien und Rochen, aber auch als natürliche Zufluchtsstätte für verschiedene bedrohte Vogelarten. Die Biosphäre des Archipels wird daher oft auch als „das kleine Galapagos Mexikos“ bezeichnet.

Gerne werden die Inseln von Ökotouristen besucht. Die größte Artenvielfalt findet der Naturfreund auf Socorro, der mit einer Fläche von 132,1 km^2 größten Insel des Archipels. Abgesehen von einigen mexikanischen Armeemitgliedern und ihren Angehörigen sind die Inseln bislang unbewohnt geblieben.

Google Earth zeigt die Inselgruppe in bester Auflösung. Hinzu kommen diverse Fotos, die man sich nicht entgegen lassen sollte. Dazu gehört ein Blick vom Monte Evermann auf die Hauptinsel Socorro. Auch der Urwald im Inselinnern ist sehenswert. Ein Besuch der Insel San Benedicto sollte ebenfalls nicht fehlen. Ein beeindruckendes Merkmal dieser Insel ist der rund 300 m hohe Vulkan Bárcena, der einen nahezu kreisförmigen „Bilderbuch-Krater“ aufweist.

Die Revillagigedo-Inseln in Kürze:

Geographische Lage: 18° 49' N, 112° 46' W

Gesamtfläche: 158 km^2

Höchste Erhebung: 1.130 m (Monte Evermann auf Socorro)

Population: 250

Klimatyp (meteorologisch): randtropisch maritim

Klima (volkstümlich): heiße Sommer, warme Winter

Anreise: Ab Mexiko mit dem Schiff. Auf Socorro gibt es auch einen kleinen Militärflughafen. Buchungen sind auf Anfrage möglich.

Wo Amerika und Russland sich küssen

Kaum zu glauben, aber wahr: Die Vereinigten Staaten von Amerika und Russland befinden sich in Sichtweite, und im Winter lässt sich die Entfernung über die gefrorene Behringstrasse im Prinzip zu Fuß überbrücken. Dennoch muss vor dieser Exkursion gewarnt werden, denn in den 1990er Jahren ist ein so genannter Eisgänger verschollen. Vermutlich geriet er in ein Wasserloch und konnte sich nicht ohne Hilfe aus dem eiskalten Wasser befreien. Damit sind wir zugleich bei der letzten Station unserer außergewöhnlichen Weltreise gelandet. Wir betreten jetzt – zumindest virtuell

Die Diomedes-Inseln

Die beiden benachbarten Inseln bilden ein wirkliches Kuriosum. In der rauen Behringsee beträgt der Abstand zwischen Amerika und Russland gerade mal vier Kilometer. Auf beiden Inseln gehen die Uhren gleich, aber der Zeitunterschied beträgt 24 Stunden, denn mitten zwischen ihnen verläuft die Datumsgrenze. Die Große Diomedes-Insel im Westen, auch Ratmanow-Insel genannt, ist russisches Territorium. Dort ist die Zeit immer um einen Tag voraus. Die Kleine Diomedes-Insel, im Englischen als „Little Diomede" bezeichnet, gehört zum US-Bundesstaat Alaska.

Beide Inseln sind bewohnt. Auf der großen Diomedes-Insel leben Tschuktschen, die ihre Insel in der Eingeborenensprache als Imaqliq bezeichnen. Als Inaliq bezeichnen hingegen die auf der Kleinen Diomedes-Insel lebenden Inuit ihre Heimat. Seit Generationen leben die Bewohner beider Inseln vom Fischfang.

Die Landschaft der Inseln ähnelt sich stark. Das Innere wird jeweils von einem relativ flachen Plateau beherrscht, während an den Küsten Steilufer vorherrscht. Wegen des subpolaren Klimas gibt es auf den Inseln keinen natürlichen Baumbestand. Im kurzen arktischen Sommer beherrschen Gräser, Flechten und Moose das Landschaftsbild. Während des Frühlings zieht es zahlreiche Seevögel auf die Inseln, die auf den Grünflächen der Plateaus ihre Nistplätze bauen.

Google Earth nicht vergessen! Es gibt einige sehenswerte Fotos, insbesondere von der Kleinen Diomedes-Insel. Sie zeigen unter anderem die Inuit-Siedlung sowie die Vogelschwärme. Aufnahmen von den Hochplateaus demonstrieren eindrucksvoll die enge Nachbarschaft beider Inseln.

Die Große Diomedes-Insel in Kürze:

Geographische Lage: 65° 48' N, 169° 4' W

Gesamtfläche: 29 km^2

Population: 400

Klimatyp (meteorologisch): subarktisch maritim

Klima (volkstümlich): kühle Sommer, kalte Winter

Anreise: mit Arktis-Kreuzfahrtschiffen möglich

Die Kleine Diomedes-Insel in Kürze:

Geographische Lage: 65° 45' N, 168° 55' W

Gesamtfläche: 7,4 km²

Population: 150

Klimatyp (meteorologisch): subarktisch maritim

Klima (volkstümlich): kühle Sommer, kalte Winter

Anreise: mit Arktis-Kreuzfahrtschiffen möglich

Satellitenaufnahme der Diomedes-Inseln. Links ist die Ostspitze Sibiriens, rechts die Westspitze Alaskas zu erkennen. (Quelle: NASA)

Weiterführende Literatur:

Alexandrov. E.I.: Climatic regime and its changes in the region of the Barents and Kara seas. Russian Federation of the Arctic and Antarctic Research Institute, 2000, u. a. Diagramme zu Wetterdaten der Rudolf-Insel.

Ashmole, Philip; Ashmole Myrtle J.: St. Helena and Ascension Island: a natural history. Oswestry: Nelson, 2000.

Behre, K., Schwabe, G. H. (1970): Auf Surtsey Island im Sommer 1968 nachgewiesene nicht marine Algen. Über die natürliche Frühbesiedlung postvulkanischer Substrate oberhalb des Litorals. Schr. Naturwiss. Ver. Schlesw.-Holst., Sonderband Surtsey, 31-100.

Bild der Völker: Band 1. Juan Fernández – die Insel Robinson Crusoes. Brockhaus Verlag. Wiesbaden.

Bild der Völker: Band 1. Pitcairn-Insulaner. Brockhaus Verlag. Wiesbaden.

Bild der Völker: Band 3. Die Bewohner von Tristan da Cunha im südlichen Atlantik. Brockhaus Verlag. Wiesbaden.

Bild der Völker: Band 3. Die Bewohner der Falkland-Inseln. Brockhaus Verlag. Wiesbaden.

Fox, David L. et al.: Paleoclimatic implications of oxygen isotopic variation in late Pleistocene and Holocene tusks of Mammuthus primigenius from Northern Eurasia. Quaternary International 169–170, 2007, S. 154–165.

Goerdeler, Carl. D., Sieber, Malte: Chile, Osterinsel, Juan-Fernandez-Archipel. Reisen mit Insider-Tipps. Mit Reiseatlas und Sprachführer Spanisch. In: Marco Polo Reiseführer. 5. Auflage. MairDumont, Ostfildern 2009.

Guinness World Records 2010: Das Buch des Jahrzehnts, Bibliographisches Institut, Mannheim, 2009.

Lasky, Kathryn: Surtsey: The Newest Place on Earth. New York, 1992.

Münzer, Ulrich: Island: Vulkane – Gletscher – Geysire. Münzer, Brannenburg, 1996.

Pitsonis, Marina: Capture Kastellorizo. A walking guide and insight. South Coast Printing (Australien), Juni 2002.

Semper, Karl: Auf den Palau-Inseln. Ein Südsee-Idyll. In: Wege zum Wissen. Band 29, Ullstein, Berlin.

Schmid, Max; Giret, André: Kerguelen. Birkenhalde Verlag, Winterthur 1998.

Schwabe, G. H.: Surtsey, Island: natürliche Erstbesiedlung (Oekogenese) der Vulkaninsel. Kiel, 1970.

Skottsberg, Carl Johan Fredrik: Die Flora der Desventuradas-Inseln, San Felix und San Ambrosio. Nach den Sammlungen F. Johows und mit Einfügung seiner hinterlassenen Schriften herausgegeben und ergänzt von C. Skottsberg, etc. (Göteborgs Kungl. Vetenskaps- och Vitterhets-Samhälles Handlingar. följd 5. ser. B. bd. 5. no. 6.).

Stange, Rolf: Jan Mayen. Natur und Geschichte des Außenpostens im Nordatlantik. Eigenverlag Rolf Stange.

Stoddart, David R.: Ecology of Aldabra Atoll, Indian Ocean. Atoll Research Bulletin 118, 15. November 1967.

Strachwitz, Victoria: Der Falklandkrieg als Medienevent: Streitkräfte, Politik und Medien im Wechselspiel, Vs-Verlag, Wiesbaden 2005.

Umbreit, Andreas: Spitzbergen mit Franz-Joseph-Land und Jan Mayen. Conrad Stein Verlag, 7. Aufl. 2004.

Weltreise: Band 5, S. 137, Jan Mayen, Novaria Verlag, München.

Weltreise: Band 11, S. 302, St. Helena, Ascension, Tristan da Cunha, Novaria Verlag, München.

Weltreise: Band 14, S. 487/88, Falklandinseln und Südgeorgien, Novaria Verlag, München.

Weltreise: Band 15, S. 326/27, Kerguelen, Novaria Verlag, München.

Weltreise: Band 15, S. 231, Palau, Novaria Verlag, München.

Weltreise: Band 15, S. 285/86, Pitcairn, Novaria Verlag, München.

Wranik, Wolfgang: Sokotra: Mensch und Natur, Reichert-Verlag, Wiesbaden 1999.

Titelbild

Die bizarren Konturen der Auckland-Insel aus der Satellitenperspektive.

(Quelle: NASA)